# MEETING ALLAN POE AT DAWN

# 清晨遇見愛倫坡

## 【愛倫．坡經典小說集】

柯南．道爾、希區考克、江戶川亂步、史蒂芬．金、東野圭吾等人最尊崇的啓蒙者。
世界偵探小說鼻祖、恐怖小說大師，世紀經典小說重現！

埃德加．愛倫．坡【美】◎著
江瑞芹◎編譯

**埃德加．愛倫．坡**

偵探小說鼻祖，科幻文學先驅和早期象徵主義代表。愛倫．坡的懸疑驚悚小說風格獨樹一幟，文字深沉，充滿神秘恐怖氣氛。

**數則恐怖小說將經典重現**

i-smart

智學堂

智慧是學習的殿堂

圖館出版品預行編目資料

清晨遇見愛倫坡 / 江瑞芹編著. -- 初版.
-- 新北市 : 智學堂文化, 民101.08
面 ;　公分. -- (經典系列 ; 6)
ISBN 978-986-87982-8-1(平裝)
874.57　　101011738



經典系列：06

清晨遇見愛倫坡

編　著 — 江瑞芹
出 版 者 — 智學堂文化事業有限公司
執行編輯 — 陳俊嘉
美術編輯 — 林子凌
地　址 — 22103　新北市汐止區大同路三段一百九十四號九樓之一
TEL　(02) 8647-3663
FAX　(02) 8647-3660
總 經 銷 — 永續圖書有限公司
劃撥帳號 — 18669219
出 版 日 — 2012年08月

法律顧問 — 方圓法律事務所　涂成樞律師
CVS 代理 — 美璟文化有限公司
TEL　(02) 27239968
FAX　(02) 27239668

腾讯读书 BOOK.QQ.COM　华夏原创网 www.yuanchuang.com

# 前言

Preface

艾德加・愛倫・坡（Edgar Allan Poe，一八〇九～一八四九）集作家、詩人和文藝評論家等多重身份於一身，並在這些方面都有很高的成就，在愛倫・坡的作品中，懸疑、驚悚小說最負盛名。他一生堅持「爲藝術而藝術」的文學主張，推崇唯美主義與神秘主義，在寫作上可爲達到某種效果而極盡描寫之能事。因此他的懸疑驚悚小說風格獨樹一幟，文字陰抑，充滿神秘恐怖氣氛，擁有廣泛的讀者群。

愛倫・坡出生於一個戲劇家庭，本名艾德加・坡，幼年時父母雙亡，後由約翰與法蘭西絲・愛倫夫婦撫養長大，更名艾德加・愛倫・坡。或許是繼承自家庭的戲劇天分，加上幼年培養起來的不安全感與叛逆性格，使得愛倫・坡在文學上擁有獨特的氣質。一八四一年，愛倫・坡發表《莫格街謀殺案》，成爲後世公認的偵探小說鼻祖。一八四五年一月，愛倫・坡發表了詩歌《烏鴉》，他那與眾不同的詩意與創作理念使他一夜成名。

作爲美國歷史上第一位職業作家，他終生只以寫作爲生，因此長期處於困頓之中。一八四七年，愛妻維吉尼亞死于肺結核，愛倫・坡備受打擊，自此陷入酗酒與精神錯亂之中。兩年後的十月七日，愛倫・坡逝世於巴爾的摩，得年四十歲。關於他的死因眾說紛紜，一般人們認爲是腦出血，但也有很多人猜測是酗酒、吸毒、霍亂、自殺和肺結核等原因。

回顧愛倫・坡的一生，創作頗爲豐富，其中主要作品有懸疑小說《黑貓的詛咒》、《莫格街謀殺案》、《洩密的心》、《威廉之死》、《瑪麗・羅傑疑案》、《亞瑟府之倒塌》以及《怪誕故事集》等，詩歌《烏鴉》、《致安娜貝爾李》等，文學理論著作《寫作的哲學》和《詩歌原理》等等，每部作品都爲後世帶來深遠的影響。

愛倫・坡的懸疑小說在文學界獨樹一幟，以其離奇神秘、驚悚陰鬱的風格吸引了大批讀者，在世界文壇經久不衰。其中，發表於一八四一年的《莫格街謀殺案》是公認最早的偵探小說，作者以「密室兇殺」爲中心點，展開了一繫列精彩的推理。在隨後發表的《瑪麗・羅傑疑案》、《被竊的信》、《你就是殺人兇手》等作品中，作者更是將這種推理寫作模式發揮到極致。愛倫・坡這種獨創的寫作手法，使得後世偵探小說家絕少能脫其窠臼。此外，愛倫・坡還成功地塑造了業餘大偵探奧古斯都・迪潘這一形象，柯南・道爾筆下的福爾摩斯幾乎就是迪潘的翻版。

法國大詩人波德賴爾曾花費十年時間翻譯出版愛倫・坡的短篇小說，並稱其是自己「文學創作的老師」、「困苦一生的知交」。與愛倫·坡同時代的美國著名文學評論家詹姆斯·羅塞爾·洛威爾極少讚譽他人，但他把「最富卓識與哲理的大無畏評論家」的讚譽毫無保留地給了愛倫·坡。

## 062 羊皮紙上的遺囑

艾芒・德・拉法埃特應好友請求，到美國紐約拜訪好友妻子的母親瑟文奈特夫人，祈求她為女兒留下一筆遺產。艾芒在當地著名的酒吧裡得知瑟文奈特夫人得了重病，也許不久於人世，於是趕到了瑟文奈特夫人家裡。在那裡，他看到了已經癱瘓在床的瑟文奈特夫人，而遺囑卻不翼而飛了。

## 076 鐘樓魔鬼

我來到了一個叫做沃頓沃提米提斯的小鎮，這是個秩序完美、時間準確的地方。這裡的居民喜歡美味的捲心菜和精確的時鐘，小鎮上的鐘樓更是被居民們視為珍寶。一天正午，一個外來人闖進了小鎮，跑到鐘樓作怪，結果大鐘敲了十三下，整個小鎮的秩序突然被打亂了……

## 088 瓶中手稿

我踏上了前往巽他群島的旅途。在航程中，我遇到了熱帶風暴，乘坐的船隻也被狂風暴雨砸壞了。在海上漂流了幾天，我遇到了一艘從沒見過的巨輪。為了活命我逃上了巨輪，但在那裡我卻像透明人一樣。我用找來的紙筆將自己的離奇經歷記錄下來，並把它裝進瓶子丟進了海洋中……

## 102 凹坑與鐘擺

我是一個被判處死刑的囚犯，在得知自己要死的那一刻就昏了過去。當我醒來時，我發現自己待在一個陌生的空間，那裡有數不盡的陰謀和陷阱等著我。在那裡，我受盡了折磨，陷入無盡的痛苦中。到底誰能把我從這個恐怖的地獄中拯救出來呢？

提到木乃伊，也許你會不由自主地聯想到蒼白的面孔、呆滯的表情、僵硬的身體與充滿神秘細菌的裹屍布……然而事實顯示，他們可能還活著。是的，這簡直不可思議，一具千年的木乃伊就這樣在我們眼前恢復了呼吸……



一個年輕貌美的妙齡貴婦，一個身材健美的炮兵軍官，一個年輕有為的律師，他們在不同時間、不同地點卻發生了同樣被活葬的事件，這難道是魔鬼肆意屠殺？還是無意的巧合……



「公爵夫人——阿芙羅蒂提服毒身亡了！」聽到這個消息我頓時動彈不得、呆若木雞，怎麼會這樣。突然那句「等著我吧，我們在黃泉再會」又環繞在我的耳邊。難道，這就是他們的約定？



有一個皇帝特別喜歡聽笑話，所以養了很多弄臣。為了博得皇帝的好感，小丑設計了一場化裝舞會。可是突如其來的八隻大猩猩在舞會造成了大騷動……

182

## 長方形盒子

我和老朋友懷特在船上相遇，他身邊的一個長方形盒子引起了我的注意。對於盒子裡的東西，懷特夫婦遮遮掩掩的，更引起了我的好奇心。但沒等我問出究竟，我們就遇上了風暴，不得不棄船逃生。只是盒子被留在了船上，懷特誓死要去取回它……

198

## 威廉之死

威廉回顧了自己的一生。在小學時，他的生命中就出現了一個同年同月同日生且同名同姓的人。那個人一直如影隨形，不斷與他作對，害得威廉身敗名裂。一天，威廉終於找到了和那個人決鬥的機會，一劍刺死了這個仇敵，卻發現……

# — 瘟疫王戰記 —

愛德華三世當政的年代，

因為瘟疫的橫行，國王下令封鎖了疫區。

兩個身無分文的水手在一家奇怪的酒館裡喝酒，

當他們喝得爛醉的時候，藉著醉意瘋狂地逃跑來逃避付帳。

結果在老闆娘的緊追之下他們闖進了瘟疫區……

故事發生在愛德華三世當政的騎士年代。十月的一天夜裡，午夜十二點左右，河中停泊著一條名爲「自由逍遙號」的商船，這是一條來往於斯洛斯和泰晤士之間的船。

船上的兩名水手此刻正坐在倫敦聖安德魯斯教區的一家酒館裡，這家酒館的招牌是一幅「快樂水手」的畫像。

那酒館有著低矮的棚頂，酒館裡烏煙瘴氣，當然這些特徵都符合那個特定的年代。對於在裡邊喝酒的奇怪顧客來說，這些已經足夠了。

在形形色色的人群中，這兩位水手就算不是最顯眼的，也是最有意思的一對。二人中看上去年齡稍大的那位，叫洛戈斯。他的個子很高，大概是六英尺半，這個高度導致他總是縮垂著肩膀。然而，其他身體條件的平凡，使得他的身高並沒有一絲優勢。他是桅杆一樣的高，也是桅杆一樣的瘦，正如同伴所說的那樣，喝醉時的他就是桅梢的短索，而清醒時亦能做第二斜桅。

但諸如此類的俏皮話並沒有觸動他的任何一條微笑神經。高高的顴骨，大鷹鉤鼻，深陷的腮幫加上往下墜的下巴和巨大而凸出的淺色眼睛，算得上是一本正經的面孔，這一切使他看上去固執，但也帶著一種對什麼事都滿不在乎的神情。

另一位水手看起來與洛戈斯截然相反，他叫修・托普俞，身高不會超過四英尺，那臃腫的身體架在粗短的彎腿上，神似海龜的腳掌垂在身體兩側，而他的手掌更是奇短。看不清顏色的小眼睛，滿是肥肉的臉，厚厚的嘴唇因爲他不斷地舔動而更爲突出，這樣的面容使得他對他的同伴懷著困惑與驚訝的感情，當他偶然望見同伴的臉時，就像落日餘暉撞上初升的太陽。

這一對令人尊敬的同伴在那天晚上的前幾個小時，已經在周圍的酒館裡有了一些豐富的經歷，再富有的人也會有阮囊羞澀的一天，更別說他們了。此刻，這兩位朋友就冒險來到了這家酒館，於是故事就這樣發生了。

洛戈斯與修・托普侖兩人此時正併肩坐於酒館的中心位置，他們的動作驚人的統一，都是在大橡木桌子上用雙肘支著下巴。很快，他們幾乎同時發現了一串散佈著不祥之感的文字，「請不要用粉筆畫線」。

這幾個不祥的字眼，正是用他們否認的那種物質赫然寫在大門上方的。這並不是說他們比普通人更具有識字的才能，但在那個時代，識字的玄妙確實也不亞於賦詩作文。那幾個歪七扭八的字正如大浪中的船一樣東倒西歪，在這兩個水手看來，似乎是暴風雨來臨的前兆。於是，他們穿起緊身上衣，迅速地向街上逃去。

儘管醉到歪歪斜斜的托普侖兩次誤將壁爐當成大門，但他們畢竟在十二點成功逃出了酒館，闖進一條陰暗巷子，一路朝著聖安德魯斯碼頭方向狂奔，身後「快樂水手」的老闆娘仍然緊追不捨。

還有一點需要說明的就是，在本故事發生的時代，前後有很多年，整個英格蘭都籠罩在可怕的黑死病的陰影下。首都的情形最為淒慘，人口銳減，一切都化為烏有，只剩下畏懼、恐怖和迷信在那些瘟疫最猖獗的地方，即泰晤士河的兩岸地區。那裡，病魔在骯髒幽暗的巷子中肆意蔓延。

國王下令將這些地區全部封閉，禁止任何人進入，違者一律斬首。但仍然有人不顧國王的禁令和那令人望而生畏的瘟疫，翻越街頭柵欄鋌而走險，到那些早已沒有傢俱的空房子裡搶劫，他們在夜間將值錢的物品，諸如銅、鐵、鉛等製品統統偷走。

很多來自不同地方的商人為了避免搬運的麻煩和危險，把各種各樣的酒託管儲存在這裡，而每年冬天人們打開那些柵欄時，常常發現儘管有各種鎖、栓和秘密地窖對這些酒加以保護，卻仍然有大量的酒被偷走。但是，市民們早已被嚇破了膽，他們很少懷疑是盜賊幹的，而將整個封鎖區讓死亡的恐懼所籠罩，以至於盜賊也被嚇壞了。

就在剛才所說的可怕柵欄前，修・托普侖和一路奔逃過來的、驚慌失措的洛戈斯突然發現，他們的前方沒路可走了。追趕者緊跟其後，他們不得不馬上做出選擇。跨越那結構簡單的木柵欄對這兩個受過正規訓練的水手來說是小菜一碟，在酒精的作用和逃跑的刺激下他倆已經進入了迷醉的瘋狂狀態，竟毫不猶豫地跨過了柵欄，闖進了禁區，他們哈哈大笑著踉踉蹌蹌地往前走，一陣陣惡臭迎面撲來，此時他們才感到驚訝。說實話，如果是在清醒的狀態下，他們恐怕早就被禁區裡淒慘陰森的恐怖景象嚇癱了。

周圍有點寂寥，空氣朦朧迷幻；荒草已經漫過了腳踝，鋪路石橫七豎八地躺在草叢裡；房屋都倒塌了，堵住了街道；一種令人嘔吐的腐爛惡臭充斥在禁區的空氣裡。蒼白的月光透過迷濛的腐臭空氣照射著大地，可以模糊地看見在街道的角落裡和空空如也的寓所裡，三三兩兩地躺著在行竊時被黑死病「補獲」而慘死的盜賊們的屍首。

然而，兩位水手並沒有因爲這些產生恐怖的聯想，他們沒有停止前進的腳步。勇敢的天性加上剛剛喝過的酒帶給了他們巨大的勇氣，使得他們竭盡全力地昂首前行，面對死神張開的大嘴仍然執著地前進。

前進！在那片淒涼肅殺的地方，發出響亮笑聲且堅韌不拔的洛戈斯蹣跚前進著，那笑聲彷彿是印第安人在進行可怕戰鬥時的叫喊；前進！又矮又胖的托普倫拽著他那位行動敏捷的同伴衣角踉蹌前行，從肺部發出一種像牛吼叫似的男低音，這洪亮的聲音勝過了他夥伴淒厲的尖笑聲。

他們在瘟疫的大本營裡每走一步或每搖晃一次，那街道就變得更加惡臭撲鼻、荒涼可怖、曲折幽深。周圍的建築很高大，破敗房頂上的巨大石塊和木頭落下砸到地上發出的響聲證明了這一點。

一堆堆的垃圾擋在街上，他倆在費勁地穿過這些垃圾時，手經常會不經意間摸到骨骼或者乾屍。倆人踉踉蹌蹌地走到一幢高大恐怖的樓房前，洛戈斯興奮地發出一聲尖銳的叫喊，此時，樓房裡突然傳出一陣不知是人還是鬼發出的尖利回應聲。可這兩個醉鬼竟然一點都不害怕，傻乎乎地撞開大門，叫嚣著東倒西歪地闖進房子裡。

這原來是一家賣棺材的店鋪，酒桶破裂的聲音不時從這家店的酒窖裡傳出來，說明了那裡儲藏著大量的酒。一張桌子立在房子的中央，上面放著一個像是裝著混合酒的大酒瓶，還放著各式各樣盛滿美酒珍饈的瓶瓶罐罐。在桌子周圍的棺材架上圍坐著六個人，以下詳細地描述一下這六個人。

面對大門而坐的人的座椅比別人都稍高一點，彷彿是他們的頭領。他長得很高很瘦，連洛戈斯也在驚奇之餘自歎不如。他的臉發黃，臉上只有一個顯著特徵，就是他那高得異乎尋常的突起額頭，就好像一個肉帽子扣在頭頂上一樣，令人見了頓生恐懼之情；他上嘛的嘴巴也是一副嚇人的模樣；眼睛因為酒的緣故就像籠罩著渺茫的煙霧一般，這個屋裡所有人都是這樣的眼睛。他全身上下裹著一塊黑色金絲絨裹屍布，插滿額頭的黑色羽毛隨著頭的晃動而左右擺動；右手持著一根人類大腿骨，正要指使桌子周圍的某位唱歌。

而一個看上去地位不凡的女人背對著大門，與他面對而坐。她和那位首領身形一樣高，但是非常胖，身子就像一個一百二十加侖的大啤酒桶，看上去像是到了水腫病晚期。胖乎乎的臉又圓又紅，基本和那位首領一樣，只是有一點比較特別，就是她的嘴。她的嘴就像是一道裂縫從她的右耳一直延伸到左耳，耳朵上的耳墜經常夾進這道裂縫裡。不過，她通常不張嘴，她的端莊典雅體現在她身穿的一套新洗過的、有波浪形皺邊的衣服上。實際上，敏銳的托普侖發現，桌邊的那些人有一個相似之處——每個人的臉上都有一個引人注目的部位。

這個胖女人的右邊則坐著一位嬌小玲瓏的年輕女士，她纖細的手指顫抖不已，青色的嘴唇沒有一點血色，臉上一陣陣地泛著紅斑，顯然這嬌弱可人的女人得了肺結核，但是她的臉上有一種孤傲的神氣。她穿著一件用印度細麻布縫製的碩大美麗壽衣，顯得優美而輕盈。她嘴邊掛著柔美的笑容，頭髮散到脖子周圍，她那細長的長滿粉刺的彎鼻子一直蓋過了她的下嘴唇，這個鼻子時不時地被主人用舌頭舔到左邊或者右邊，整個面部表情顯得非常奇怪。

在那個身材水腫的女人的左邊，坐著一位患有痛風疾症的矮小老頭。他的兩個臉頰猶如兩支裝酒的大袋子垂放在兩肩。他雙臂交抱，纏著繃帶的一條腿放在桌上，一副別人都應該尊重他的神情。他似乎爲他的外貌而感到驕傲，身穿一件顏色亮麗的寬大禮服，特別想引起別人的注意。應當說，這衣服的剪裁相當合身，一定花了他不少錢。

坐在這位老先生旁邊與那位首領中間的，是一位「紳士」。他穿著白色長襪和棉布襯褲。他的身體不時一陣陣震顫，說實話，樣子相當滑稽，這種震顫讓托普俞產生了恐怖的感覺。他的下巴和手腕都用細細的棉布繃帶緊緊地纏住了，這使得他不能隨心所欲地給自己倒酒；在洛戈斯看來，這樣有利於救治他那張因飲酒過量而臭氣熏人的臉。他那雙大耳朵不可控制地向兩旁伸張，應著瓶塞被拔出時的響聲而一陣陣痙攣，並警覺地豎起來。

坐在這個人對面的第六位，也是我要描述的最後一位，他患了痳痹症。這個人看上去非常呆板，但穿著十分奇異。他穿的是一口嶄新的漂亮紅木棺材。頭頂著棺材頂端，整張臉顯出一種難以形容的滑稽樣子。這位爲痳痹症所苦的人肯定會因他那身與眾不同的服裝而感到難堪。爲了方便伸胳膊，棺材兩側各打了一個洞；但由於這身服裝特殊的構造，他不能像其他人那樣挺直腰板坐著；他斜靠棺材，巨大的眼珠向外嚴重突出，並一直朝上翻露出眼白。

桌上放著他們的酒杯，這些酒杯全部是用頭蓋骨做成的。桌子上方懸掛著一具屍骸，屍體的一條腿被一根繩子套住倒掛在天花板的一個環上，另一條腿沒被綁起來，而是與主體成直角垂下來，每當風吹進這間屋子時，屍骸的骨架就會嘩嘩作響，自由地隨風飄搖旋轉。一些放在這具屍骸頭骨裡的木炭正在燃燒，發出若隱若現的光芒，在這微光下也能看清室內全部的景象；爲了防止光線洩露到大街上，這家棺材店屋內的四周堆放著棺材和其他殯葬用品，堆得很高，遮住了窗戶。

兩位水手看到這樣一群衣著奇異，行爲怪誕的人之後，並沒有以應有的禮貌去對待這些怪人。靠在牆上的洛戈斯把下巴低到不能再低，儘管他的下巴本來就陷得很深；眼睛睜到不能再大，儘管他那雙眼睛已經夠大。彎下腰的托普侖，鼻子與那張桌子在同一平面上，雙手放在雙膝上不停地搓來搓去，在這最不合時宜的時刻裡，突然爆發出一陣持久的震耳欲聾的笑聲。

然而，那位高個子首領和善地朝這兩位水手笑了笑，似乎沒有因爲這兩個闖入者的放肆無禮而憤怒。他走過去拎起兩位水手，將他們放在別人早已讓出的位置上。

洛戈斯順理成章地接受了這份款待，坐在座位上；而托普侖改不了他那愛與女人親近的習慣，將座位移到了患肺結核的女士身旁，還特別興奮地爲自己倒滿了酒，一飲而盡。此時那位身穿棺材的紳士因爲托普侖的魯莽行爲而勃然大怒，剛好那位首領用大腿骨敲了敲桌子，分散了大家的注意力，才避免了一場可怕的爭端。首領致辭道：

「在這個愉快的時刻，我們應該……」

「等一下！」洛戈斯以非常嚴肅的口吻打斷了首領的致辭，「請稍等一下，能不能先給我們說說你們究竟是些什麼人，到底在這裡幹什麼，爲什麼都打扮得像魔鬼一樣，爲什麼隨心所欲地喝我好朋友的杜松子酒！」

這番冒昧得令人忍無可忍的言辭，使得坐在桌旁的六個人都暴跳如雷，並發出一陣魔鬼般的吼叫聲，這恐怖的聲音在水手們進屋前就領教過了。但那位首領很快平靜下來，以非常嚴肅的語氣對洛戈斯說：

「我們非常願意滿足不速之客所有合理的好奇心。你們必須知道，我才是這片土地的國王。『瘟疫之王一世』統治的王國永遠神聖不可分割。現在我告訴你們，這間屋子是我們的會議室，在這裡所舉行的一切活動都是聖潔而崇高的。」

「坐在我對面的這位就是尊貴的瘟疫王后，在座的這些王公貴族分別是大公瘟疫・伊夫洛施殿下，公爵瘟疫・伊洛修閣下，公爵瘟疫・坦莫閣下和女大公瘟疫・安娜・殿下，他們都是具有王室血統的。」

「至於⋯⋯」他繼續道，「至於我們爲什麼坐在這裡，這個問題屬於我們王室的隱私，也關係到整個王室的利益，儘管這些事對外人來說毫無價值。」

「也許你們認爲你們有權知道，而我們也可以繼續解釋，我們今晚集會的目的是對這座美麗城市所有的葡萄酒、啤酒和其他各種酒進行深刻的調查和精密的分析，以確定這些味覺之寶複雜的酒精含量和難以界定的品質特徵；我們此行的目的，不是爲推行我們自己的計畫，而是爲了另一個世界，那位統治著我們全體人的君主的真正福利。那位擁有廣闊無邊疆土的君王的名字叫做『死神』。」

這時托普侖大聲糾正道：「他的名字叫海神！」同時替身旁的那位女士倒了一頭蓋骨酒，也把自己面前的頭蓋骨倒滿。

那位首領把目光轉向了托普侖：

「你這個褻瀆神靈的刁民！你這個侮辱神靈、十惡不赦的混蛋！我們已經說過，爲了不侵犯你們這些下等人的權利，我們才屈就回答了你們那些蠻橫無理的問題。而你們卻在我們的會議室裡公然褻瀆我們的神靈，爲了我們王國的輝煌強盛，你們每人必須喝下一加侖黑帶啤酒。只要你們能跪在地上一飲而盡，就可以立刻恢復自由。你們可以離開，繼續走你們的路，也可以在這裡繼續觀看我們的會議，隨你們的便。」

「絕對不可能！」洛戈斯答道，他已經開始有些尊敬這位瘟疫王一世的傲慢和權威，他靠在桌邊上神態自若地說：「尊敬的國王，這件事我絕對做不到，我的胃艙容量連您剛才提到的四分之一也承載不了。在這之前我的船艙已經塡進了一些壓艙物，今晚又載入了好多種類的麥酒和烈酒，早就已經滿載了。所以，作爲我們尊貴的國王，您應該體諒一下我們的苦衷，不管怎樣，我都不能再喝下一口那種叫做『黑帶啤酒』的令人嘔吐的東西了。」

「閉嘴！」托普侖打斷了洛戈斯的話，他並不是嫌他的同伴言語煩瑣，而是他的拒絕讓他吃驚，「閉嘴，蠢貨！我說，洛戈斯，別再說廢話了！我的船艙是空的，我可以替你再空出一點艙位承載你說的那份貨物，但是我不想再引出什麼爭端來——」

「這個儀式，」首領搶過話說道，「這個儀式是居於處罰和判決之間的，既不能改變也不能取消。你們必須一絲不苟地執行我們所提出的要求，不能再耽擱了。如果不照我們說的去做，那麼你們的脖子和腳將會被捆在一起，然後扔進那個裝有五十二加侖啤酒的大桶裡被淹死！這就是我們對你們的判決和懲罰。」

「正確的判決！正義的判決！公正的判決！輝煌的判決！最合理、誠實、神聖的判決！」瘟疫家族的成員們異口同聲地大喊道。瘟疫王高聳起他佈滿無數條皺紋的額頭，患痛風病的小老頭呼呼地喘著氣，穿漂亮細麻布壽衣的女人用舌頭把鼻子舔得左搖右晃，穿棉布襯褲的紳士豎起了耳朵，穿喪服的女人氣喘吁吁地像快要死了一樣，穿黑衣服的先生紋絲不動地朝天花板翻著白眼。

「我呸！呸呸呸！」托普侖暗自笑著，不把這群怪物的叫喊放在心上，「呸！呸！呸！——呸！呸！呸！——呸！呸！呸！呸！——聽我說，對我這艘尚未載滿的船來說，讓我喝下兩三加侖的黑帶啤簡直是小菜一碟——但讓我為那個魔鬼乾杯，要我在他這個白癡國王面前下跪，就是絕對不可能的事了。我知道他像我這個無賴一樣，在這世上也是一文不值的蠢貨，他跟會演戲的蒂姆・赫爾利格爾利——」

還沒等他說完，那六個王室成員一聽到蒂姆・赫爾利格爾利這個名字就氣得跳了起來。

「叛逆！叛逆！」六個人你一句我一句地咆哮起來。托普侖正要爲自己倒酒的時候，他的後褲腰被一隻大手抓起，舉得很高，直接被扔進了旁邊那個裝有一百二十加侖啤酒的大桶中。托普侖在大桶裡折騰了一會兒，最後消失在被他攪起的泡沫漩渦中。

然而高個子水手是勇敢的，他沒有繼續看他同伴的可憐樣，而是一掌把瘟疫王搗進了屋子裡的陷阱，砰的一聲關上了活板門。然後大步走到房子中間，一把扯下懸在桌子上方的那副屍骸。他此時有著旺盛的精力，頑強的鬥志，在最後一點光即將消失的時候，他殺死了患痲瘋病的小老頭。隨後，用盡全身的力氣撞倒了裝著啤酒和托普侖的大桶。

整個房子瞬間充滿著氾濫的啤酒，屋子中央的桌子也被衝倒在地，四周的棺材架也被啤酒衝得亂七八糟，再也不能當座椅了。那個大大的酒瓶被扔進了壁爐裡，兩位女士歇斯底里地大叫著，也被扔到一邊去了。

如洪水一樣勢不可當的啤酒把周圍的一堆殯葬用品衝得七零八落，酒面上漂浮著各種各樣的瓶子和酒壺。那個總是一陣陣震顫的恐怖傢伙沒過多久就被淹死了，還有那位渾身僵直的紳士也在棺材中被衝走了。

洛戈斯大功告成，於是一把拉起那位身著喪服的無辜胖女人跑到大街上，朝「自在逍遙號」狂奔而去。隨著啤酒一同被衝出酒桶的修・托普侖一路上打了幾個噴嚏，慢悠悠地跟在洛戈斯後面，而跟在他身後的卻是正呼呼大喘著氣的女大公瘟疫・安娜殿下。

# MEETING
## 清晨遇見愛倫坡
## ALLAN POE AT DAWN

# 一桶白葡萄酒

福圖那特總是喜歡用骯髒的語言辱罵我，

這讓我感到非常厭惡和憎恨，

我幾乎想要掐住他的脖子，

把他推入死亡的深淵。

為了報復他，我精心設計了一個圈套。

福圖那特對我的百般侮辱，我都儘量忍住了。不過我在心中暗暗發誓，倘若再有一次，我一定要報仇雪恨。大家都清楚我的脾氣秉性，我拿定主意要報仇，就一定會做到，絕對不是說著玩的。我一定要報仇，一定要一雪前恥。這樣的想法在我的心中生根發芽，堅定不移地要行動。

沒有想到可能的危險，只是沉浸在報復的快感中，我決定要做得巧妙，讓他猜不出是誰，不然這件事情就沒完沒了了。不用說，我的一舉一動一言一行，都不會引起福圖那特的懷疑和猜忌，我甚至像對待好朋友一樣，對他笑臉相迎。直到現在他也沒看出來我想要他死，但是，那是我想到他會送命才會笑得如此甜。福圖那特是一個在某些地方讓人敬重甚至敬畏的人，不過他有一個致命的缺點，就是他認爲他是品酒的行家。

眾所皆知，義大利人裡沒幾個是真正的行家，不過他們善於隨機應變、見風使舵，再加上熱絡和顯現出來的專業氣息，往往能夠迷惑英國的大財主，就連珠寶和古畫，他也能口若懸河地談上一陣子。不過對於品酒方面，他確實有自己的一套，這一點我與他相同，尤其是義大利葡萄酒，只要能夠辦得到，就會大量買進。

一個熱鬧的狂歡節傍晚，我在暮色中散步時碰到了這位朋友。他熱絡地跟我打招呼，鼓起的肚子裡裝滿了酒。這個人裝扮得像馬戲團裡的小丑，緊身的雜色條紋衣，尖尖的帽子，上面甚至還繫著鈴鐺。看見他，我真的開心極了，握著他的手，很長時間都沒有放開。

我說：「嘿，老兄，見到你真開心。你今天看起來好極了，我可就不行了，對弄到的那一大桶所謂的白葡萄酒一點都不放心。」

「怎麼？你弄到了一大桶白葡萄酒？這狂歡節期間，哪能弄到啊？不見得是真的吧？」他詫異地說。

「所以我不放心啊。真是糟糕極了，簡直笨透了，居然沒跟你商量就付清了貨款。我到處都找不到你，又怕錯過這筆生意。」我有些沮喪地說道。

「白葡萄酒，你確定？」

「我不放心。」

「白葡萄酒？」

「是呀，是呀，我一定要確認究竟是不是。」

「真是白葡萄酒？」

「說是真白葡萄酒，看來你有事情，我就不麻煩了。我去找盧克雷西問問看，只有他才有工夫品酒，他會告訴我……」

「那怎麼行，他？」福圖那特不由得提高聲音。

「有些傻瓜硬說他跟你的眼力難分伯仲呢！」

「走吧，咱們快走！」他聽我說了那些話，立刻架起我來。

「上哪去？你不是還有事？」

「去你家地窖，我幫你看看。」

「老兄，這怎麼行，你不是有事情？我去找盧克雷西吧！」我不著痕跡地想要推開他的手。

「沒事兒，我沒事，咱們走吧。」

「這怎麼行，就算你沒事，那地窖又冷又潮濕，四壁都是硝，你的身體扛不住的。」

「冷不要緊，你可真是上當了。白葡萄酒？說起來盧克雷西那傢伙連雪梨酒和白葡萄酒都分不清。」不由分說，福圖那特拉著我，向我家走去。我戴上了黑綢子做的面具，用短披風緊緊地裹住身子，由著他拖我去家裡。家裡一個僕人都沒有，都趁機溜出去過狂歡節了。我早些時候就對他們說，我有事出門，第二天早晨才能到家，讓他們不准出門。儘管這樣，我猜到他們一定是我前腳走，後腳就跟著走了，狂歡節的吸引力真是不小。

我從燭臺上拿起兩個火把，一個遞給福圖那特，一個自己握著，帶領著他穿過幾個房間，順著長廊，走過一座長長的迴旋樓梯向地窖走去。他緊緊跟著，小心翼翼地走著，腳步搖搖晃晃，走一步帽子上的鈴鐺就叮噹作響。

我們終於來到了樓梯腳下，一起站在蒙特裡梭府墓穴潮濕的地上。

「酒在哪？」他有些心焦地問道。

「就在前面了，你可要留神牆上的蛛網，他們在發光。」

他轉過身來，醉醺醺地用水汪汪的眼睛望著我：「那是硝？」他問道。

「硝，你咳嗽多久了？」我答道。

「咳咳，咳咳……咳咳咳……咳咳……」回答我的只有一段沒完沒了的咳嗽聲。他半天說不出一句話，過了好久，才支支吾吾地說：「沒什麼！」

「哎，咱們還是回去吧。你的身體要緊，別再受了寒氣。你有錢有勢，又受眾人仰慕，還深得人心，要是病了，可不是件小事。我可擔不起這責任，再說，再說不是還有盧克雷西。」

「別說了。」他說道，「咳嗽有什麼，我又不會咳死。」

「好，好，說真的，我可不是嚇唬你，病就應該好好預防，要不喝一口美道克酒，去去潮氣。」說著，我從一長串酒瓶裡，拿起一瓶砸碎瓶頸，遞給他。「喝吧！」

他看了我一眼，將酒瓶舉到唇邊，又放了下來。他向我點點頭，鈴鐺叮噹作響。

「讓我們為周圍長眠地下的酒乾杯，為你的萬壽無疆乾杯。」說著他喝完了酒，纏著我的胳膊往前走。

「你家地窖可真大。」他說。

「我們家是個大家族，多子多孫。」我答道。

「我忘記了府上的族徽，長什麼樣子？」他又問。

「不就是一個人的偌大的金色腳，踩爛騰飛的蛇，蛇還緊緊咬著腳後跟，背景是一片天藍色。」

「那，那家訓呢？」

「凡是傷害我的人，一定會受到懲罰。」

「真妙！」由於喝了酒，他的眼睛亮閃閃的，走起路來鈴鐺叉丁零噹啷地響著，在空氣中迴蕩。

我喝了口美道克酒，心裡亂了起來。一路上，我們沿著一條由屍骨和大大小小的酒桶圍成的夾道，一直進到最裡面。我又站住了腳，伸手抓住了福圖那特。

「看吧，硝越來越多，就像青苔一樣，掛滿了拱頂。我們現在站在河床的下面，你看屍骨裡還有水珠呢。咱們還是快回去吧，你看你咳嗽得這樣嚴重。」

「沒什麼，」他說，「我們繼續走吧，不過得讓我再喝一口。」

聽了這話，我又打開一壺葛拉維酒，遞給他。他一口就喝光了，眼睛也頓時有了生氣，嘻嘻地笑著，然後把酒瓶摔在地上，做了個奇怪的手勢。

因爲不明白什麼意思，我只是吃驚地看著他。見我沒明白，他又做了一遍。

「你不知道那是什麼意思？」他說。

「是啊。」

「那你就不是同道。」

「啊？」

「你不是泥瓦工。」

「我是，我是，我是的。」

「你？不會吧，你是？」

「我是。」

「那暗號呢？」他問道。

「暗號？暗號就是這個。」我順手從短披風裡拿出了一把泥刀。

「你不要開玩笑，開什麼玩笑，咱們還要往前看那桶白葡萄酒呢！」邊說著，他邊害怕地後退。

「好吧！」我收起了泥刀，伸手扶著他。他靠在我的肩膀上，我們繼續往下走，直到一個陰暗的墓穴。

那裡空氣混濁，讓人窒息，火把也看不見火光，只剩下火焰。那個墓穴的最裡面，又出現一個更狹窄的墓穴。這裡四壁都堆著成排成排的屍骨，它們就這樣一直高高地堆著，直到高高的穹頂，就像是巴黎那些大墓穴一樣。

裡面的那個墓穴和這個相仿，不過有一面牆的屍骨早被推翻了，亂七八糟地堆著，變成了一個屍骨墩。搬開這堆屍骨，能夠看見後面的後面還有一個像壁龕一樣的地方，大約四英尺深，三英尺寬，六七英尺高。

福圖那特舉著昏暗的火把，盡力向壁龕深處仔細看，可是火光太微弱，看不到底。「接著往前走，白葡萄酒就在裡面。要不，我去找盧克雷西？」

「哼，他那個充內行的。」他一邊嘟囔著，一邊用醉鬼特有的搖晃腳步向深處走去。一眨眼，他來到了盡頭，看見沒有白葡萄酒，就皺著眉頭發呆。過了一會兒，我把他鎖在了牆上，牆上裝著兩個鐵環，大概有兩英尺左右。一個環上有一條短鐵鏈，另一個上面掛著一把大鎖。不一會兒，我在他腰上拴上鐵鏈，他完全嚇傻了，根本來不及反抗。我拔掉了鑰匙，退出了壁龕。「你伸手去摸摸那牆，保證你能摸到硝，很潮濕的。讓我再求求你回去？怎麼你不回去？好，那我就得離開你了，不過我還得盡盡心，多照顧你一下。」

「白葡萄酒？白葡萄酒？」他依然沒緩過來，驚魂不定地叫著。

「不錯，白葡萄酒。」我邊應著，邊在前面提到的屍骨堆那邊忙著。我丟掉屍骨，挑出準備好的石塊和水泥。用這些材料，靠著那把泥刀，我開始砌牆。連第一層都沒砌好，我就意識到他已經酒醒了。最開始是傳來一聲聲的嘶吼，那聲音完全不像是醉酒的人的叫聲。

接著是沉寂，不知道安靜了多久。我開始砌第二層，第三層，第四層。壁龕裡面傳來了鐵鍊的晃動聲，他在掙扎，一直在掙扎。在那陣噹啷聲中，我根本沒心思幹活。也許是爲了讓自己聽得更清楚，更享受那種曾經侮辱我的人苦苦掙扎的感覺，我坐在了骨堆上，直到周圍再度歸爲沉寂。我重新拿起了手中的泥刀，不停手地砌上第五層，第六層，第七層。直到差不多和胸口一樣高，我又累了，於是停了下來。我舉起手中的火把，那一絲跳躍的微弱的光，照在了裡面那個人身上。

突然間，那個人發出一連串的嘶吼，彷彿要嚇退我，讓我停下來。忽然間，我拿不定主意了，慌張得直發抖。不一會兒，我拿起一把長劍，在壁龕裡摸索，可仔細想想，又鎮定下來。我的手放在了墓穴那堅固的建築上，我安心了。等我再走回牆根，那人大聲吵鬧，我也對著他亂叫，用自己的音量壓過他，比他更響亮。這樣持續了一會兒，他的嗓子就啞了，聲音也變小了。已經半夜了，我也快做完了，我砌上了第八層，第九層，甚至第十層，第十一層。

終於要結束了，只要我再嵌一塊石頭進去，最後再抹上水泥，就大功告成了。我用最後的力量，托起那塊沉甸甸的碩大石塊。就在這時候，裡面傳出了淒厲的笑聲，嚇得我的頭髮和汗毛都豎了起來，好長時間，我才認出那是福圖那特的聲音。「哈哈哈！嘻嘻！這，真是個妙不可言的笑話，太好笑了。等我們到家了，好好笑個痛快，邊喝酒邊笑！」

「白葡萄酒。」我說道。

「對，對。白葡萄酒，還來得及嗎？福圖那特夫人他們不是正等著我們回去嗎？咱們走吧。」他在牆那邊說道。

「對，咱們走。」我說道。

「對，看在上帝的分上，我們走吧。蒙特裡梭！」他說。

「看在上帝的分上，我們走吧。」可是再也沒有聲音了，再也沒有回答。我再也沉不住氣了，將火把順著還沒砌好的牆塞進去。可是只傳來了叮噹的一聲。我吼道：「福圖那特！」沒有回答。我又喊了一聲，還是沒有回答。

可能由於墓穴裡的濕氣太重，我開始覺得噁心。我趕忙完工，把牆砌好了，然後把屍骨按照之前那樣堆積起來。五十年來，那裡一直沒有人動過，希望逝者安息吧！

# MEETING
## 清晨遇見愛倫坡
## ALLAN POE AT DAWN

# 你就是殺人兇手

僻靜的拉托爾巴勒小鎮突然發生了一起匪夷所思的奇案——

巴納巴斯．沙爾沃斯連同他的兩袋金幣失蹤了。

事後，巴納巴斯被證實已遭殺害。

經過調查，人們認定兇手是他的侄子彭尼費瑟。

惡有惡報，彭尼費瑟順理成章地被判了絞刑。

然而，事實真相是否真如表面所呈現的那樣呢？

拉托爾巴勒原本是個僻靜的小鎮，但是，一件兇殺案讓這裡不再安寧，事情發生在一個夏天。

巴納巴斯・沙爾沃斯先生是拉托爾巴勒鎮上的一位受人愛戴的富人，他住在這裡已經很久了。某個星期六的早晨，他騎馬向P城趕去，那裡離拉托爾巴勒鎮只有十五英里，計畫當天晚上就回到家中。

兩個小時後，回來的只有沙爾沃斯先生的馬，沙爾沃斯先生本人和他隨身攜帶的兩袋金幣均不知去向，那匹馬也受了重傷，看上去奄奄一息。這一突如其來的情況讓鎮上的居民感到無比驚訝。第二天中午，沙爾沃斯先生還是沒有回來，他的親友們焦急萬分，決定出去尋找。

領頭的人是沙爾沃斯先生的好朋友查理斯・古德費先生。他只在拉托爾巴勒鎮住了六、七個月，但因他爲人真誠善良，所以深得他人喜愛，沙爾沃斯先生就是其中之一。他倆是鄰居，又趣味相投，很快就成爲莫逆之交。但是，查理斯・古德費不是很有錢，沙爾沃斯先生便常常邀請他到家裡來做客。有時古德費先生一天能去三四次，他們會在吃飯的時候開懷暢飲，馬高克斯酒是他們常喝的酒之一，古德費也最喜愛這種酒。

一天，我曾親眼看到，在喝完馬高克斯酒以後，已經醉了的沙爾沃斯先生朝古德費先生說：「查理斯，你真行，咱們雖然認識時間不長，但沒想到能在這麼短時間裡就成了好朋友。既然你這麼愛馬高克斯酒，我就給你訂一箱。」富有的沙爾沃斯對於古德費總是這樣照顧。

到了星期天，仍然沒有沙爾沃斯先生的消息。查理斯‧古德費先生心急如焚，他之前就知道沙爾沃斯先生身上的兩個錢袋不見了蹤影，馬也受了重傷，前胸被打穿，留有兩個彈孔，但令人驚訝的是，這馬並沒有立即死去。

「我們還是再等等吧，沙爾沃斯先生一定會安全回來的。」古德費先生堅定地說。可是，沙爾沃斯的侄子彭尼費瑟極力反對，他覺得這樣等下去事情會更糟，其他人也表達了類似的觀點。於是查理斯‧古德費不再固執己見，馬上同意外出尋找。

彭尼費瑟和自己的叔叔沙爾沃斯先生已經住在一起很久了。彭尼費瑟平時有些不務正業，遊手好閒，有時還會鬧事，鎮子裡的人因爲他和沙爾沃斯先生的關係，都會讓他三分。所以，當他說要去找自己的叔叔時，大家只能聽從他的命令，而且，他明確指出要找到叔叔的屍體。

就在大家準備行動時，查理斯‧古德費先生提出了一個令人不得不好好思考的問題：「您怎麼能確定你叔叔已經死了？看來，對於你叔叔的意外，你比我們大家知道的都多啊。」

誰說不是呢，彭尼費瑟怎麼能確定他叔叔已經死了呢？大家隨即議論了起來。

但是對於查理斯・古德費的質疑，彭尼費瑟根本不在乎，也不作任何回答。古德費對他的這種行爲感到異常氣憤，兩人就吵了起來。對此，大家並不意外，他們本來就是冤家，兩人還曾經動過手。那次彭尼費瑟一拳將古德費打倒在地，古德費也狠狠地說，他會報仇的。只是，大家都知道，古德費是個寬宏大量的人，他那句話可能只是說說而已。

不管古德費和彭尼費瑟有怎樣的恩怨，但在這件事上，他們還是達成了一致：去找沙爾沃斯先生。至於搜尋哪段路程，彭尼費瑟堅持搜索拉托爾巴勒和城市之間的大片田野和樹林的伸展範圍，它們之間將近十五英里，或許會有什麼意外的發現。

但是古德費不這麼認爲，他說沙爾沃斯先生是騎著馬去P城，而不是去什麼偏僻的地方，所以，他的行進路線不應偏離寬敞的道路，大家應該仔細查看道路兩側的地方，尤其是灌木叢、樹林。在場的大多數人都同意他的說法，於是，他們就在古德費的帶領下，順著道路兩側仔細地尋找，但是，他們找了四天，仍然什麼都沒找到。

這裡說的「什麼都沒找到」，是指沒有找到沙爾沃斯先生本人或者他的屍體，但是在他們找的地方，確實發現了一些搏鬥痕跡。他們沿著馬蹄向前搜尋，在走過好幾個拐彎處時，終於到達了一個污水池。那裡有明顯的搏鬥痕跡，並一直延伸到水池裡。在場的人馬上用工具抽乾了水池裡的水，在水池底部，他們發現了一件黑色綢馬甲，馬甲上佈滿血跡，非常破，但大家一眼就認出來，這馬甲是沙爾沃斯先生的侄子彭尼費瑟的。

這件馬甲，彭尼費瑟在他叔叔去P城的那天，也曾經穿過，不過從那以後，這馬甲就再也沒有出現過。面對這樣的情況，彭尼費瑟驚訝不已，他知道這種處境對自己有多壞，所有人都在懷疑他，連僅有的幾位朋友也不再理他。但是，一向與他爲敵的古德費先生卻爲他說起了好話。

「朋友們，這只是一件馬甲，我們不應該這麼武斷地認定誰是誰非。大家都知道，我和彭尼費瑟先生之間曾經發生過不愉快，但我早已經原諒了他。對於水池裡的馬甲，彭尼費瑟先生肯定會給大家解釋清楚的。我們現在最應該做的就是幫他把這件事弄清楚。我的那位朋友，友愛和善的沙爾沃斯先生，現在依然不知下落，而彭尼費瑟是他的侄子，也是他唯一的親人，我們理應幫助他。」

古德費先生所說的每一句話，都能讓人感受到他的真誠和善良。此外，他的話還透露了一個重要資訊，彭尼費瑟是沙爾沃斯唯一的親人，也就是他財產的唯一繼承人。當時在場的所有人馬上明白，如果沙爾沃斯先生真的出了什麼意外，不在人世了，那麼彭尼費瑟就會繼承他所有的財產。

明白了這一點，大家都篤定彭尼費瑟就是殺害沙爾沃斯先生的兇手，隨即把他五花大綁起來，要把他帶回鎮上，接受懲罰。在回去的路上，古德費先生好像在路邊撿到了什麼東西，很快地放進口袋裡，但還是有人看到了他的這一舉動，在眾人的要求下，他只好把東西拿了出來。這是一把西班牙小刀，上面刻著兩個字母DP，在拉托爾巴勒，有這種刀的人只有一個：彭尼費瑟，而DP也是他名字的縮寫。

真相大白了，彭尼費瑟殺死了他的叔叔，目的就是早日拿到叔叔的財產，現在已經沒有繼續查下去的必要了。一個小時後，彭尼費瑟被押到拉托爾巴勒的法庭上。

法官審問彭尼費瑟：「彭尼費瑟，你叔叔失蹤的那天早晨，你去哪兒了？」

「我當時正在樹林裡打獵。」彭尼費瑟不假思索地答道。在場的所有人聽了他的回答後，都驚訝不已。

「你當時身上有槍嗎？」

「當然，我是去打獵，我帶了自己的獵槍。」

「你打獵的具體位置在哪兒？」

「就在去P城道路旁的幾英里處。」

彭尼費瑟所說的地方離那個水池確實很近。法官隨後要求古德費先生陳述一下找到馬甲和小刀時的具體情況。

此時，古德費先生突然流下了淚，顯出悲傷的模樣。「就像我之前跟大家說的，我和彭尼費瑟先生之間不愉快的事已經過去了，我不是記仇的人，大家應該能看得出。」古德費一邊說一邊擦拭眼淚，聲音嗚咽，斷斷續續。

「上週五，我像平常一樣和沙爾沃斯先生在一起吃飯，彭尼費瑟先生也在場。當時沙爾沃斯先生告訴他，他要在第二天淩晨帶著兩袋錢去P城，存進那裡的銀行。沙爾沃斯先生還非常鄭重地告訴他的侄子，他不會得到自己的任何財產，他會重新立一個遺囑。」

說完，古德費又斷斷續續地哭了起來。

「彭尼費瑟先生，這是真的嗎？」法官問。

「對，確實有這麼一回事。」

就在法官對兩人進行詢問的時候，傳來了沙爾沃斯先生的馬因受傷過重死掉的消息。古德費先生學過解剖，他解剖了馬的屍體，在馬的前胸找到了一顆體積很大的子彈，這種子彈一般是用來射擊巨型猛獸用的。員警隨後查驗了鎮上所有的獵槍，發現這顆子彈只能用在彭尼費瑟的獵槍裡。這下，連員警和法官都確認彭尼費瑟就是殺人兇手，他隨即被關進了監獄。而古德費則爲他向法庭求情，請求法庭對他寬大處理，當然，他的請求沒起任何作用。

一個月以後，彭尼費瑟被判犯謀殺罪，將處以絞刑。

在彭尼費瑟被判刑的日子裡，小鎮上確實平靜了許多。一個萬里無雲的日子，古德費意外地收到了W城一家釀酒公司的來信。信是這樣寫的：

「親愛的查理斯・古德費先生：

在一個多月以前，我們收到了巴納巴斯・沙爾沃斯先生的一個訂購需求，要我們為您寄送一箱高級馬高克斯酒。現在，我們高興地通知您，我們已經把一大箱精製的馬高克斯酒裝車寄出。在您收到信不久，酒就會到達您的家裡。祝您一切順利，並請代為轉達我們對沙爾沃斯先生最真誠的問候。

您最忠實的霍格斯・弗羅格斯・柏格斯以及公司全體友人，六月二十一日，於W城。」

自從沙爾沃斯遭遇不幸之後，古德費已經不再喝酒，但是，面對這樣一箱好酒，古德費覺得可以適當地放鬆一下。所以，他就邀請自己所有的朋友第二天晚上到家中來痛飲一番。當然，他並沒有說明那酒是怎麼來的。

第二天晚上大概六點左右的時候，古德費家裡已經擠滿了人，我也在人群之中。桌子上佳餚豐盛，那箱酒八點才到。因為箱子太大太重，很多人加入了搬箱子的行列，我也是其中一員。

大箱子很快被搬進宴會大廳，在這之前，古德費已先用別的好酒款待賓客，大家喝得不少，有些已經醉了。裝酒的箱子進入大廳的那一刻，古德費就興奮了起來，他指著箱子說：「朋友們，安靜一點！這就是名貴的馬高克斯酒。」

說完，他就請我去開箱子，我當然樂意效勞。我輕輕地將箱子上的釘子一個一個地卸下。就在大家以爲要看到昂貴的名酒時，一個滿身血跡和污垢的死人從箱子裡彈了出來。大家一看，這不是沙爾沃斯先生嗎！死者背靠著箱子，正好和古德費迎面相對，一陣濃烈的血腥味蔓延開來，同時，大廳裡不知爲什麼突然出現了煙霧，大廳裡死一般安靜。那屍體的雙眼則狠狠地盯著古德費，突然他像被什麼鬼怪附了體一樣，開口說道：「你就是殺人兇手！我要你的命！」說完，應聲倒在地上。

我很難描述當時的情景，大廳裡亂作一團，客人們都發瘋似的往門外逃，有人因驚嚇過度暈了過去。但沒過多久，驚慌失措的人們就逐漸安靜了下來，他們將目光轉向古德費。此時的古德費正瑟瑟發抖，他的驚慌失措好像在暗示他做過什麼見不得人的勾當。突然，他直直地從椅子上跳了起來，撲向倒在地上的沙爾沃斯的屍體，嘴裡不停地向他懺悔。這些話，大廳裡的人都聽得一清二楚，古德費交代了他的整個殺人經過。

事情的真相是這樣的：

在那個週六的早晨，古德費騎馬緊跟在沙爾沃斯先生身後，他們一起去P城。在行至樹林裡的那個污水池時，古德費突然開槍射向沙爾沃斯的馬，然後用槍托猛砸他的頭部，想就此了結他。隨後他拿走了沙爾沃斯的兩袋錢，把沙爾沃斯奄奄一息的馬拖至灌木叢中，並把沙爾沃斯的屍體放在自己的馬上，運到離路邊很遠的一個小樹林裡藏了起來。當晚，他又偷走了彭尼費瑟的馬甲、西班牙小刀和一顆體積較大的子彈，並把馬甲和西班牙小刀放到了易被發現的地點。最後，他利用為死馬解剖的機會，佯裝發現了一顆子彈，以達到矇騙眾人，借刀殺人的目的。

在懺悔快要說完的時候，古德費已經渾身無力、兩眼無光，就像虛脫了一樣。他想要站起來，但沒走幾步，就撲通一聲摔倒在地上，再也起不來了。他的倒下挽救了一個人：彭尼費瑟，這個差點走上絞刑架的人終於重獲自由。

寫到這裡，故事好像應該結尾了。但我敢肯定，您還有疑問：沙爾沃斯先生的屍體是怎麼放到箱子裡的？他不是死了嗎？死了爲什麼還會說話？他真的是爲了揭露兇手而「起死回生」的嗎？當然不是。這一切的背後還掩藏著一個人，這個人安排了一切，這個人就是我。

我對古德費非常瞭解，他挨了彭尼費瑟一拳以後，肯定不會就此甘休。當天他們發生衝突的時候我在現場，我記得古德費當時狠毒的目光，我能感覺出，這種目光背後肯定是個心狠手辣的人，只要找到機會，他一定會報仇。而且，在搜尋沙爾沃斯的時候，古德費竟然一個人發現了那麼多的「證據」，尤其是從馬的前胸取出了那顆子彈，更使我對他起了疑心。子彈是從馬的前胸穿過去的，按理說不應再在馬身上找到子彈，但古德費居然在解剖時發現了一顆。

這顆子彈是從哪兒來的？想都不用想，肯定是古德費做的手腳。之後，我花了大概兩個星期的時間，到處找沙爾沃斯先生的屍體。我當然不會在道路附近尋找，那裡不會有什麼發現，我選擇在離道路較遠的偏僻處找。皇天不負有心人，我終於在一個小樹林裡的枯井中發現了屍體。

下面的安排就不費什麼腦筋了。我記起沙爾沃斯先生曾經許諾給古德費一箱馬高克斯酒，所以，在弄到一箱酒後，我就將屍體放入箱子裡。我特地買了一根長約一英尺的鋼絲彈簧，把彈簧的一頭固定在屍體的頸部，然後把屍體放進酒箱裡，讓屍體捲曲起來。同時繫在屍體上的彈簧也捲曲起來。我將箱子壓死，並在蓋子的周邊釘上釘子。我知道箱子裡彈簧的威力有多麼大，只要一打開箱子，屍體就會蹦出來，而我也正等著那一天的到來。之後，我把箱子運到外地，再從外地把箱子寄給查理斯·古德費，那封信也是我寫的。我暗中讓我的傭人在古德費舉辦晚宴的八點鐘把箱子運抵他家。

沙爾沃斯先生說的那句「你就是殺人兇手！我要你的命」當然也不是他說的，而是我說的。我經過長時間的練習，已經可以用和沙爾沃斯先生相差無幾的聲音說話。由於當時晚宴大廳一片慌亂、驚恐，許多人已經喝醉了，古德費也心中有鬼，所以，我模仿沙爾沃斯發出的聲音非常成功。那些血腥味和煙霧，是我事前準備好的藥水和煙幕彈。至於古德費說出自己的罪行，我並不感到驚訝，我驚訝的是，他會在說出事實後當場死亡，這可能也是許多人沒有想到的。

這件奇事真相大白後，彭尼費瑟又回到了拉托爾巴勒，名正言順地繼承了巴納巴斯・沙爾沃斯先生的所有財產。對於自己以前的種種不羈行爲，他發誓痛改前非，朋友們也回到了他的身邊，生活又美好了起來。

# MEETING 清晨遇見愛倫坡 ALLAN POE AT DAWN

# —洩密的心—

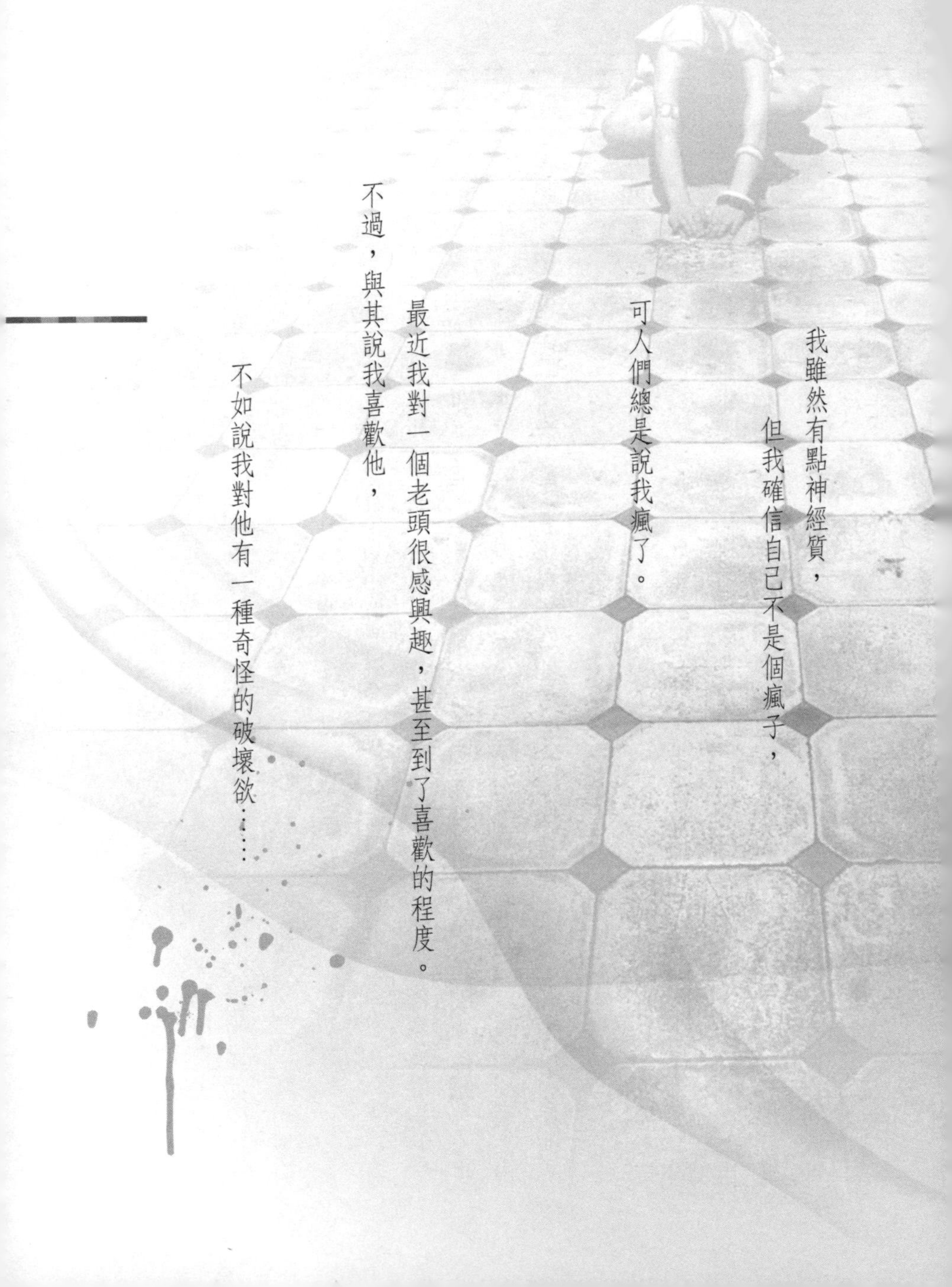

我雖然有點神經質，
但我確信自己不是個瘋子，
可人們總是說我瘋了。

最近我對一個老頭很感興趣，甚至到了喜歡的程度。
不過，與其說我喜歡他，
不如說我對他有一種奇怪的破壞欲……

神經緊張，非常，非常緊張，十二萬分地緊張，過去是這樣，現在還是這樣；可是你爲什麼偏偏說我瘋了呢？這種病並沒有使我的感覺失靈或遲鈍，反而更敏銳了。尤其是聽覺，分外靈敏，天堂、人世間的一切聲音我全都能聽見，來自地獄的聲音也時時刻刻在我的耳畔縈繞。你怎麼能說我瘋了呢？看我多麼有精神，多麼地鎮靜，我可以慢慢地告訴你這一切。

說不出這個念頭最初是怎麼鑽進我的腦子裡來的，但如今它確實讓我白天黑夜都念念不忘。我並沒有其他目的，也沒有什麼怨恨，我愛那老頭，他從來沒有得罪過我或者侮辱過我，我也不貪圖他的金銀財寶。我猜大概是因爲他的那隻眼睛吧！沒錯，正是因爲那隻眼睛！他長了一隻鷹眼——淺藍色的，蒙著層薄膜，只要我看一眼，血液都會凝固。因此，我心裡慢慢打定了主意，殺了這個老頭，這樣就可以永遠都不再看見他的那隻眼睛了。

現在問題就在這兒，你認爲我瘋了，可是瘋子什麼也不懂。可惜你當初沒瞧見我，沒瞧見這一切我策劃得多麼聰明，做得多細心，多有遠見，多虛僞！我害死老頭的前一個禮拜裡對他特別體貼。每天晚上，大約半夜的時候，我把他的門鎖一扭，打開——啊，是躡手躡腳地！我輕輕推開房門，直到能夠伸進腦袋爲止，然後從門縫裡塞進一盞提燈——燈上遮得密密實實，無縫無隙，連一絲燈光都漏不出來——再慢慢將頭伸進去。

啊，你要是看見我是多麼靈巧地探進頭去，一定會大笑不停的！我拿著提燈，緩緩地探進頭去，生怕驚醒了老頭。花了個把鐘頭我才將整個腦袋探進門縫，恰好看見他躺在床上。哈！難道瘋子能有這麼聰明？我的頭一伸進房裡，就小心翼翼的——啊，真是萬分小心地打開提燈上的活門，因爲鉸鏈吱呀響——我將活門掀開一條縫，細細的一道燈光剛好射在老頭兒的那隻鷹眼上。

我這樣一連做了整整七個夜晚，每天晚上都在半夜時分，可是老頭兒的那隻眼一直閉著，我無法下手，因爲惹我生氣的不是老頭本人，而是他的那隻「凶眼」。每當清晨，天剛破曉，我就大膽地走進他的臥房跟他談話，親熱地喊他的名字，問他晚上睡得如何。所以你看，他要不是個深謀遠慮的老頭，絕不會起疑心，每天晚上的十二點鐘，我會趁著他熟睡，探進頭去偷看他。

到了第八天晚上，我比前幾天還要謹慎微細地打開房門，手錶上的分針走起來的速度都要比我的行動要快得多。那天晚上之前我還沒有認清自己的本事到底有多高強，頭腦有多聰明。一想到我就在房外，一點兒一點兒地打開門，他卻連做夢都沒想到我的這些秘密舉動和陰謀詭計，我就按捺不住自己心頭的那份得意。想到這兒，我忍不住笑出聲來。他大概聽到了，因爲他彷彿大吃一驚，突然翻了個身。你可能以爲我會退回去，才沒有。他的房間裡漆黑一片，沒有一點光亮（因爲害怕強盜，他總是把百葉窗關得緊緊實實的），所以我知道他看不見門縫，就照舊一點一點、一點一點地推開門。

我剛探進頭，正要動手掀開提燈上的活門，但當我的大拇指在鐵皮扣上一滑時，老頭突然像彈簧一樣坐起身，大聲嚷道：「誰在那裡？」我站住不動，默不做聲。整整一個鐘頭，我一直佇立在那兒，沒有活動一下，可是也沒聽到他躺下的聲音。他一直坐在床上側耳傾聽，就像我每天晚上傾聽牆外小蟲的叫聲一樣。我聽到一聲歎息，我知道這聲歎息是因爲害怕才發出來的。這聲歎息既不是呻吟，也不是悲歎，什麼都不是！這是因爲嚇得魂飛魄散，心底裡憋不住才發出的這麼低低的一聲，我很熟悉這個聲音。

不知多少個晚上，都是在半夜時分，整個世界都在睡夢中，我的心底總是不由得發出這種深深的歎息，伴隨著陰森森的迴響，讓我自己毛骨悚然。我剛才說過，我早就聽慣了這種聲音，我知道老頭兒是怎麼想的，雖然暗自好笑，可是還是同情他。

我知道他剛聽到微微一點聲響，在床上翻過身，就一直睜著眼躺著，心裡愈來愈害怕，拼命想當做是一場虛驚，但總是辦不到。他一直自言自語：「不過是煙囪裡的風聲罷了，只是老鼠跑過罷了。」或者說：「只不過是蟋蟀叫了一聲罷了。」對，他一定會這麼東猜西想，聊以自慰，可他也知道這全是枉費心機。因爲死神就要來臨，正大模大樣地走近他，一步步地逼近，找上他這個冤鬼。正是那看不見面目的死神，惹得他心裡淒淒涼涼的。

我沉住氣，等了好久，既沒聽到他躺下，就決定將燈掀開一條小縫，極小極小的一道縫。我動手掀開燈上的活門——你可能想不出我有多麼鬼鬼祟祟——一點一點掀開，縫裡終於透出濛濛的一道光，像遊絲般照在鷹眼上。那隻眼睜著呢，睜得很大，很大。我愈看愈生氣，我看得一清二楚，整個眼睛裡一團暗藍，蒙著層嚇人的薄膜，嚇得我心驚膽戰。可是，老頭的臉龐和身體卻都看不見：因爲鬼使神差似的，燈光就只射在那個鬼地方。

我早就跟你講過，你把我看做瘋子是錯的，我只是感覺過分敏銳罷了。啊，剛才說過，我耳邊傳來一陣模模糊糊的低沉的聲音，好像是蒙著棉花的手錶發出的聲音。我很熟悉這種聲音，那是老頭的心跳聲，我愈聽愈生氣，就好比咚咚戰鼓催動了士氣。

我沉住氣，依然不動，大氣不敢出一口。我拿著提燈一動不動，讓燈光儘量照在鷹眼上。這時，嚇人的撲通撲通的心跳聲愈來愈厲害了。時間一秒秒的過去，愈跳愈快，愈跳愈響。

老頭一定是被嚇到了極點！心跳聲愈來愈響，一秒比一秒響！你聽明白了沒有？不是早跟你說過，我神經過敏，確實過敏。眼下正是深更半夜，古屋裡一片死寂，聽著這種怪聲，可能會被嚇死。可是我依舊沉住氣，紋絲不動地站了片刻。不料撲通撲通聲竟愈來愈響，愈來愈響！我看，那顆心就快要炸開了。這時又不由得提心吊膽地擔心街坊會聽到！老頭的大限到啦！我哇地嚷了一聲，打開燈上的活門，一個箭步進了房間，他尖叫一聲——只叫了那麼一聲。剎那間，我將他一把拖到地板上，推倒床壓在他身上。

眼看一下子就能將他了斷，我心裡很高興。誰知悶聲悶氣的心跳聲竟然不斷響了半天，可是我沒有生氣，隔著一堵牆，這種聲音倒聽不見了。後來這聲音終於不響了，老頭死了。我搬開床，朝屍首打量了一番，是的，他斷氣了。我伸手按在他心口上，擱了好久，一跳也不跳，他連口氣也沒有了，那隻眼睛再也不會折磨人了。

如果你還當我是瘋子，就先讓我交代一下我是怎樣藏匿死屍的，那麼你就不會這麼想了。夜晚來臨，我悄無聲息地趕緊行動了起來。

我先將屍首肢解開來，砍掉腦袋，割掉手腳，再撬起房裡三塊地板，將一切藏在兩根間柱當中。重新放好木板，手法非常俐落，非常巧妙，任何人的眼睛都看不出絲毫破綻，連他的眼睛也看不出來。沒什麼要洗刷的，什麼斑點都沒有，沒有絲毫血跡。我十分謹慎，沒留下一點痕跡。

把一切弄好時已經四點鐘了，天色還跟半夜一樣黑呢。鐘敲了四下，大門外猛然傳來一陣敲門聲。我十分平靜地下樓去開門——現在有什麼好怕的呢？門外進來三個人，他們彬彬有禮地自我介紹，說自己是警官。有個街坊在夜間聽到一聲尖叫，擔心出了人命，報告了警察局，這三位警官就奉命前來搜查屋子。

我滿臉微笑——有什麼好怕的呢？我對這三位先生歡迎了一番，就說我剛才在夢裡失聲叫了出來。又說，老頭到鄉下去了，我帶著三位來客在屋裡上上下下走了一遍，請他們搜查，仔細搜查。後來還領到老頭的臥房裡，指給他們看他的家當好好放著。我有恃無恐，熱誠地端進幾把椅子，請他們在這間房裡歇歇。我得意揚揚，大膽地端了椅子在埋著冤魂屍首的地方坐下。三位警官放心了，我這種舉止不由得他們不信，我也就十二萬分安心了。

他們坐著，閒聊家常，我是有問必答。但沒多久，我只覺得臉色愈來愈白，巴不得他們快走，頭好疼，還感到耳朵裡嗡嗡地響。無奈他們照舊坐著，照舊聊天，嗡嗡聲聽得更清楚了，不斷響著，越來越清楚。

我想擺脫這種感覺，嘴裡談得更暢快，誰知嗡嗡聲還是不斷響著，而且變得毫不含糊。響著，響著，我終於明白原來不是耳朵裡作怪。不用說，我這時臉色慘白，可嘴裡談得更高興，還扯高了嗓門。不料聲音愈來愈大，怎麼辦呢？

這是不斷傳來的模模糊糊的低沉的聲音，簡直像蒙著棉花的手錶聲，我一直喘著氣，可是三位警官竟然沒聽到。我談得更快，談得更急，誰知響聲反而無休止地愈來愈大。我站起身，連雞毛蒜皮的小事都尖聲尖氣地爭辯，一邊還手舞足蹈，誰知響聲反而愈來愈大。他們幹嗎偏不走呢？我拖著沉重的腳步在房裡踱來踱去，彷彿他們三人的看法把我惹火了，誰知響聲反而愈來愈大。啊，天吶！怎麼辦呢？我口沫橫飛，大肆咆哮，咒天罵地！我使勁地搖動椅子，在地板上磨得嘎嘎作響，可是響聲卻壓倒一切，而且持續不斷，愈來愈大，愈來愈響，愈來愈響！

那三人竟然一直高高興興地聊著天，嘻嘻哈哈地笑著。難道他們沒有聽見？老天爺啊！不，不！聽得見！疑心了！有底了！正在嘲笑我這麼膽戰心驚呢！我過去是這個看法，現在還是這個看法。什麼都比這折磨強得多！什麼都比這種奚落好受得多！這假惺惺的笑我再也受不了！只覺得不喊就要死了！瞧！又來了！聽！愈來愈響！愈來愈響！愈來愈響！愈來愈響！

「壞蛋！」我失聲尖叫，「別再裝蒜了！我招就是了！掀開木板！這兒，這兒！他那顆可惡的心在跳呢！」

# MEETING
## 清晨遇見愛倫坡
## ALLAN POE AT DAWN

# 羊皮紙上的遺囑

艾芒・德・拉法埃特應好友請求，

到美國紐約拜訪好友妻子的母親瑟文奈特夫人，

祈求她為女兒留下一筆遺產。

艾芒在當地著名的酒吧裡得知瑟文奈特夫人得了重病，也許不久於人世，

於是趕到了瑟文奈特夫人家裡。

在那裡，他看到了已經癱瘓在床的瑟文奈特夫人，

而遺囑卻不翼而飛了。

一八四九年四月十二日傍晚，艾芒・德・拉法埃特因爲他好朋友的一件私事，專程從法國巴黎飛到美國紐約。

到了紐約後，他沒有第一時間聯繫他的好友——法國炮兵中尉德拉科先生，而是去了當地一間有名的酒吧「普拉特」。在熱鬧的酒吧裡，煙霧繚繞、人挨著人，他走到吧台，坐了下來，禮貌地點了一杯雪麗酒。大概出於對陌生人的敏感，酒吧的侍者上下打量著艾芒。當他給艾芒遞來了酒水時，試探地問他，是不是來自義大利。

艾芒笑著說：「我是外地人，不過來自法國巴黎。」他原以爲這樣就能打發侍者，不過那個有點刻薄的酒吧侍者，非要纏著他，讓他說出全名。「艾芒。」他平靜地說了之後，吧台四周所有能聽到的人都安靜了下來。他們要嘛一臉震驚，要嘛滿臉困惑，要嘛充滿敬畏地打量起艾芒，難道眼前這個長相普通的青年人，是那個在法國現代史上赫赫有名的德・拉法埃特侯爵的親戚？艾芒面不改色地從懷裡掏出一打文書證件，丟在吧臺上。

所有的人都好奇地圍了過來，不過看著證書上的法文，不知所措地又散開了。這時，角落裡傳來標準的法語，一個人從人群中走了出來，說自己也許能幫大家解答疑惑。那是一位皮膚黝黑個子矮小的老年人，蜷縮在一件破舊的軍大衣裡，手裡還提著酒瓶，滿嘴都是白蘭地的味道。他目光渾濁，雖然步履蹣跚卻舉止優雅。艾芒本能地向他致意，那位陌生人也鄭重地回禮。

那位陌生人自稱爲撒迪厄斯・珀裡。珀裡先生走到吧台，翻翻吧臺上的檔案，從中拿起一封用英文寫的信。他舉起來說道，這是美國駐巴黎大使給美國總統泰勒的親筆介紹信。

那一霎那，酒吧裡靜得彷彿連掉根針的聲音都能聽見。接著，對於陌生人的敵意瞬間變成了最熱烈的歡迎。有人走過來，拍拍艾芒的背；有的人抓住他的手不放。之前滿懷敵意的酒吧侍者更是滿臉羞愧，他小心翼翼地阻擋著試圖靠近艾芒和那些爭著爲艾芒買酒買下酒菜的人，唯恐一個不留神，這位深受眾人愛戴的艾芒先生被湧過來的人推倒，他還告訴艾芒一定要喝個痛快。

不過那位身材矮小的珀裡先生就沒這麼好運了，他一下子被湧來的人推倒在地。只見艾芒在人群中揮舞著手，試圖讓場面變得有秩序些，不過那些熱情的人們毫不在意。最後還是某位留著紅鬍子的大個兒大吼了幾聲，人們才平靜下來。

艾芒整理了一下被擠得有些雜亂的衣服，放好檔案，清了清嗓子說道：「我很感謝大家的熱情款待，不過我這次有要緊事要辦，所以要付賬走人。如果有知情人願意提供幫助，就請告訴我關於那位住在湯瑪斯街二十三號瑟文奈特夫人的事。我此次前來正是想和那位老夫人解決一樁不公正的事情。」

聽了艾芒的話，有人告訴他，那位太太十分富有，卻爲人小氣，跟這樣的老太婆沒什麼公正可談。艾芒聽後，告訴大家：

瑟文奈特太太有一個女兒，名叫克勞黛，她與母親的關係並不好。克勞黛在巴黎生活得十分困苦，而母親瑟文奈特夫人卻被一個叫做「納希霍」的女人誘騙到紐約。克勞黛小姐同一位炮兵軍官訂婚了，現在他們兩個急需用錢。他此行的目的就是希望勸說瑟文奈特夫人，讓她不要對自己的女兒如此苛刻。話還沒說完，酒吧侍者連忙抓住艾芒的手，讓他趕快去瑟溫納特夫人家。因爲今天早上就有消息傳來，說那個小氣的法國老女人中風了，不知道還能活多久時間。

這消息簡直就如晴天霹靂一般。那個紅鬍子的高個子客人大聲喊道：「還不趕快爲拉法埃特侯爵的侄子讓路！閃開，快閃開！」說完，他自己更是衝到了艾芒的面前，拉住他向門外走去。艾芒感動地回過頭和眾人道別，突然見到人群中有一張蒼白的臉，就是之前幫忙的珀裡先生。他又坐回了角落，擦著外衣上的煙漬。

艾芒的馬車在道路上飛馳，直奔目的地。他心裡十分慌張，倘若瑟文奈特夫人一分錢也沒留給她女兒就去世了，他哪裡還有臉見自己的好朋友。車子總算停在了湯瑪斯街瑟文奈特夫人的府第前，艾芒下了車，使勁地拍打大門。

過了半晌，他聽見門閂移動的聲音，先是一隻眼睛從門縫裡打量了艾芒很久，接著門才打開。站在門口的正是艾芒口中的「納希霍小姐」，她未到中年，有一種莫名的魅力。她只是面色陰沉地打量著艾芒，卻不讓他進去，她的理由十分簡單明瞭：艾芒不是瑟文奈特夫人的親戚。見沒辦法進去，艾芒連忙詢問瑟文奈特夫人的情況。

值得慶幸的是，瑟文奈特夫人還活著，只是全身癱瘓了而已。艾芒又提到了瑟文奈特夫人的女兒克勞黛。納希霍一下子就猜到了艾芒的目的，小聲提醒他：「倘若你不再喜歡克勞黛小姐而是喜歡我，可能會多分上幾百萬法郎或者更多。」艾芒則嚴肅認真地告訴納希霍，克勞黛小姐已經同他的好友德拉克中尉訂婚了，他此次前來完全是受人之托，無論是錢財還是克勞黛小姐他都沒興趣，更不會爲了錢娶一個自己不愛的人。

兩人爭執之際，黑暗中出現一個拿著蠟燭的人，那人用顫抖的法語說，他聽到爭執才趕了出來。借著微弱的燭火，艾芒認出那是自己哥哥的朋友杜勒克律師。正是他寫信通知艾芒的哥哥，說已經勸說瑟文奈特夫人改變態度，讓艾芒趕快來辦理具體事宜的。不過現在杜勒克先生十分後悔，因爲就在昨天晚上，一份對在場每個人都意義非凡的檔案消失了。

艾芒提出想見一見在死亡線上徘徊的瑟文奈特夫人，於是情緒低落的杜勒克領著他進了一個正方形的大房間。這個寬敞的房間裡只放了一張類似中世紀的古董床，周圍有四根床柱還帶著一個華麗的床頂，綠色的床幃將大床的三面緊密地遮掩著。透過床幃，艾芒能看見已經骨瘦如柴的瑟文奈特夫人。她有些僵硬地躺在床上，睡帽的帶子也緊緊地扣在下巴上。她乾枯的嘴唇翕動著卻沒有聲音，只有那雙可怕的綠眼珠，正滴溜地轉著，看向來人。

杜勒克用英語輕聲地向一旁的美國醫生哈丁詢問老太太的情況，不過答案依然令人失望。這位吝嗇的夫人還有幾個小時能活，也可能更短。此時，艾芒才注意到壁爐那邊堆著許多沒點燃的煤塊，壁爐旁邊的椅子上坐著一位當地的員警。員警無所事事地用折疊刀剔牙，大概因爲聽不懂法語，他對來人也不是很關心。納希霍女士沉默地在艾芒身邊踱步，半睜半閉的眼睛像寶石一樣發光，看不出她究竟是不安還是幸災樂禍。

被眼前的情況搞得一頭霧水的艾芒像百米衝刺一樣跑出了府第，回到了普拉特酒吧。他想把滿腦子的疑惑告訴給酒吧裡的朋友，特別是那位懂得法語的珀裡先生。

此時已是深夜，街道都不見人影。酒吧裡更是空蕩蕩的，只剩下那個紅鬍子大哥醉倒在桌子邊。珀裡先生依然坐在角落裡，望著杯子發呆。艾芒坐在了珀裡先生的對面，珀裡有些不自在地起了身，能有艾芒的陪伴很是榮幸的。他叫了酒吧侍者，不過在把手伸進口袋後，面色發窘地頓住了。艾芒自然也不會讓珀裡付錢，急忙買了單，要了白蘭地和杯子。

東西一送到，珀裡就起身幫艾芒倒酒，又給自己倒了許多，一口氣喝了三分之一。之後他善解人意地看向艾芒，等待艾芒說話。已經累壞了的艾芒把前後兩小時的經歷敘述了一遍。

瑟文奈特夫人已經病了很久，但是直到今天淩晨她還能正常起床。當時她的情緒很好，而在前一天，她已經在律師的勸說下簽署了一份遺囑，把錢留給了女兒。當然這一切是避開納希霍進行的。

律師杜勒克先生把遺囑寫在三張羊皮紙上，然後偷偷在湯瑪斯街上找來兩個神志清醒的人作見證，然後，瑟文奈特夫人在遺囑上簽了字。正當杜勒克準備收好文件時，瑟文奈特夫人驚叫了起來，她一把奪過那幾張紙，說想要自己保留一個晚上。她說希望能夠記住這遺囑上的每個字，就算是睡覺她也會妥當地藏好的。

杜勒克先生擔心地指了指窗外，夫人很快就意識到，他說的是納希霍。夫人說道：「沒關係，沒人能從鎖著的窗子和有人守衛的房門闖進來。」她更是要求杜勒克先生當晚留宿在他家裡，守在門外。當時已經淩晨一點多了，雖然杜勒克有些猶豫，不過他想想在巴黎的克勞黛小姐，想想與夫人之間的交情就同意了。他在門外夫人指定的地方擺上了寫字臺，看著夫人慢慢上了床。關門前，還看見了夫人的側臉，並在夫人右邊的桌上點燃了一支蠟燭。

凌晨五點，屋子裡傳出一聲像是聾啞人發出的嘶吼。聽到這樣的聲音，杜勒克不由得一驚，急忙衝進房間，看見瑟文奈特夫人僵硬地躺著，連臨睡前點亮的燭火也即將要熄滅。杜勒克試著問她一些問題，她只能轉動眼珠回答，而那份至關重要的遺囑，已經離奇失蹤了。

屋子裡能看見的角落都沒發現遺囑。杜勒克先生大聲詢問夫人，就像是在對耳聾的人說話。可是夫人的眼睛死死地盯著床上的玩具兔子，接著她的眼珠開始轉動，杜勒克順著目光看去，看到了門邊牆上的晴雨錶。在蠟燭熄滅前，夫人一共做了三次一模一樣的動作。

杜勒克相信遺囑一定沒被人偷走，畢竟連一隻蒼蠅都無法鑽進來；遺囑也沒被藏起來，因爲能藏東西的角落都被搜了個遍，就連牆壁、天花板和傢俱都沒放過。

在艾芒到達宅第之前，有十四個人在房間裡搜尋過瑟文奈特夫人的遺囑，就連夫人緊緊盯著的兔子，也被割開翻了個徹底。艾芒走進屋子，手足無措地看著晴雨錶，拍了拍，檢查看看有沒有遺囑的影子，又四處走了走，檢查一切地方。櫥架上放著幾本滿是塵埃的書，還有一張揉成一團的《太陽報》，除了這些，艾芒什麼都沒發現。

忽然，房間裡傳來律師杜勒克的聲音：「那女人一定知道！」他說的是納希霍，「你快說，遺囑放在哪裡了？」

納希霍一臉無辜。杜勒克憤怒了，他索性直指主題：「說，是不是找不到新遺囑，你就會繼承全部財產？」納希霍先是點頭承認，然後又像是飽受冤屈一樣，對天發誓，說自己絕對不知道新遺囑在哪。她說，也許瑟文奈特夫人後悔自己做的決定，趁人不備燒了新遺囑。

這時候，聽不懂法語的員警，抱怨聽不懂別人到底在說什麼，腦袋裡在想什麼。「腦袋」這兩個字給了艾芒很大的提示，他突然想起瑟文奈特夫人頭上那頂寬大的睡帽，不由得用英語說了出來。那個員警頓時領悟，衝到床邊，不過並沒有找到遺囑，反而可能因爲手腳太重，使夫人永遠地閉上了雙眼。納希霍頓時大笑起來，艾芒則瘋了一樣地衝回酒吧。

開始時珀裡先生聽得十分認真，後來漸漸漫不經心地盯著手中的玻璃杯，不停地轉動。他思考再三，問了艾芒兩個問題。一個是玩具兔子在床上的準確位置，一個是遺囑是寫在羊皮紙的一面還是雙面。雖然這兩個問題有些古怪，但艾芒還是認真地回答了。兔子放在床腳，床橫向的中點處；遺囑只寫了一面。

珀裡先生好像證實了自己的想法，突然抬起頭。他那張因爲喝多了而變紅的臉正對著艾芒。雖然他的目光有些失了理智，但說話卻很有條理。珀裡就像法官審判一樣，稱呼艾芒的全名，說自己能夠幫忙找到失蹤的遺囑。在珀裡先生看來，他們將簡單的問題複雜化了，因而誤入歧途。此時，珀裡先生嚴肅起來，對艾芒說：「我明天就要乘坐帕納薩斯號去英國，之後再去法國。如果你不相信我的話，現在就可以離開。」

艾芒懇求珀裡指點，珀裡先生就開始講述自己的推理。他認為，事情應該是這樣的：

瑟文奈特夫人在午夜藏好了遺囑，她不僅擔心遺囑會被納希霍拿走，更害怕別人跟那個女人串通。夫人相信一旦自己中風死去，員警會立刻出現，很快就能發現她的計策；倘若她癱瘓了，也有其他人待在房間裡，保護著遺囑。夫人最後看的並不是玩具兔子，雖然大家都以為夫人盯著它。

床的三面都被帷幔遮蓋，只有朝門那側沒有，夫人盯著放兔子的地方，然後轉動眼珠，是想讓人拉開床幃，而床幃後面是壁爐。

「壁爐！」艾芒興奮得幾乎叫出聲來。

珀裡先生依然緩慢地推理著：

房間的晴雨錶，顯示著「雨、冷」，意味著寒潮即將到來，可是偏偏四月的這一天外面不冷，而且屋子裡是悶熱的。如果將異常的天氣和壁爐聯繫起來，就會發現關鍵。寒潮來的時候，要生火自然要先點燃煤，點燃煤不僅需要用到引火的木柴，更需要紙。

「紙！」艾芒又一次叫出聲音。

「通常用來點火的過期報紙卻在房間的小櫥架上發現。」說到這裡，珀裡先生嘴角浮現出一絲不屑的笑容，他又喝了一大口白蘭地，紅著臉加快語速和音量說道：「如果你現在能及時趕到，一定會發現被揉皺的遺囑在壁爐邊的煤和木頭下面。無論是誰去看，只能發現一張髒兮兮的白紙，而有字跡的一面，恰巧就在下面。反常的天氣，沒有人去點火，就連納希霍也不可能去做，而且警官待在那裡，沒有外人能隨便碰這些東西。其實瑟文奈特夫人的意思，是提示和警告眾人，千萬不能點火，否則遺囑就真的化爲灰燼。」說到這裡，珀裡趴在桌子上，半夢半醒地保持沉默。這樣的推理看起來十分簡單，但卻並非所有人都能想到。

時間緊迫，艾芒顧不得思考，也顧不得道別，就如離弦之箭般奔回府宅。他回去時，警官剛好從樓梯上走下來，說自己已經完成任務，看來遺囑確實已經被死去的老人燒掉了。艾芒根本不相信這樣的結論，他直奔老太太的臥室，瑟文奈特夫人的遺體還擺放在床上，沒有人動過。屋子裡的蠟燭快要熄滅了，地板上放著一把刀，就是警官用來剔牙的那一把。只有納希霍一個人跪在壁爐前，劃著火柴，要將火柴丟進壁爐裡。

艾芒全身熱血沸騰，一個箭步推開那個女人，將手伸向了煤塊，果然發現了那張皺巴巴髒兮兮的羊皮紙。他興奮地大聲呼喊杜勒克先生，不過他沒留意到背後的納希霍，拾起了彈簧刀，正向他刺去。

幸好杜勒克及時趕到，艾芒的傷口不是很深，杜勒克先生再次叫回員警。艾芒見自己沒有什麼事，便準備重返酒吧感謝幫了大忙的珀裡，至少付他一些應得的報酬。不過到了酒吧，他卻發現珀裡原先坐著的桌子旁空無一人。他向態度殷勤的酒吧侍者詢問，那侍者氣呼呼地說：「他們早就把那個流浪漢丟到街邊的水溝裡了，估計他要很久才能站起來。因爲那個窮酒鬼，明明付不起錢，卻點了一瓶最貴最好的白蘭地。丟出去之前，他們還讓他寫了張借據。」

艾芒氣得青筋暴起，他解釋道，那瓶白蘭地是他要的，錢也會由他來付。這時候，酒吧侍者似乎想起，那個瘋瘋癲癲的酒鬼一直念著有個紳士會幫他付清債務。

一切真相大白，憤怒和解釋都無濟於事，此時艾芒只想找到幫了大忙的珀裡先生，因爲他說他明天一早會離開美國，不知道今晚他在哪裡過夜。「那是我的好朋友珀裡先生。」艾芒說道。聽到這個名字，酒吧侍者不禁冷笑：「你不會以爲那是他的真名吧。當然，你也別指望他會把名字留在借據上，不信你拿出來看看。」

艾芒馬上從口袋裡掏出那張紙，上面寫著：我欠你一瓶最好的白蘭地，價格四五美分。果然沒有寫名字。

# MEETING 清晨遇見愛倫坡 ALLAN POE AT DAWN

# 鐘樓魔鬼

我來到了一個叫做沃頓沃提米提斯的小鎮，

這是個秩序完美、時間準確的地方。

這裡的居民喜歡美味的捲心菜和精確的時鐘，

小鎮上的鐘樓更是被居民們視為珍寶。

一天正午，一個外來人闖進了小鎮，

跑到鐘樓作怪，結果大鐘敲了十三下，

整個小鎮的秩序突然被打亂了……

也許所有人都知道，這世界上最好的地方是，或者曾經是，一個叫做沃頓沃提米提斯的德國小鎮。它離所有的主要道路都很遠，是個世外桃源，所以，可能沒有讀者去過那裡。爲了這些沒去過的人，我深入地介紹一下它。如果我的介紹能夠幫助那裡的民眾獲得大眾的同情，那我就更要這麼做。

在這裡，我將講述最近發生在鎮子上的那些不幸事件。如果你瞭解我，你就不會懷疑，一旦我自願挑起重擔，想要說些什麼，我就一定會盡最大的努力仔細調查，還會找一些權威人士複查，做到不偏不倚地還原事實。

根據我的調查，我確定這個小鎮從開始到現在從未變過。這一點，紀念章、歷史上遺留下的手稿和墓碑都能夠作證。不過，關於這個小鎮的建成時間，我只有一個含糊不清的答案。更糟糕的是，同一個問題的諸多答案總是互相矛盾，它們要嘛太尖銳，要嘛太過深遠，甚至有些事完全相反。我無法從這些答案中找出一個讓我滿意的，因爲這些答案根本無法說服別人。或許那些酒囊飯袋說出來的事要好些，它們通常是這樣的：

沃頓的意思是平息的雷聲，沃提米提斯是閃電，它們合併在一起還有一個古老的含義，就是面對閃電。這倒是實話，在參議會大樓尖塔頂端的那些閃電劃過的痕跡，似乎證明了這一點。不過我決定不在這樣無關緊要的問題上浪費自己的時間，而是去一些參考書上查閱其他讀者關注的問題。我甚至像莎士比亞研究專家一樣，試圖從那些珍貴的古籍、史料中找出枝微末節。

儘管這個小鎮是什麼時候建立的，爲什麼叫做沃頓沃提米提斯我無從得知，但有一點毫無疑問，即無論歲月怎樣流逝，這小鎮從來沒有改變過模樣，就連鎮上年齡最大的人，也說不出一丁點它外貌上的變化。事實上，一切關於改建的提議在這裡都是禁忌。

沃頓沃提米提斯坐落在一個圓形山谷中，四面環山。那個山谷的周長大約是四分之一英里，不過從來沒見鎮裡的居民對山的另一邊感興趣。

關於這一點，居民們說，他們根本不相信山的另一邊會有讓他們感興趣的事物。在山谷的邊緣，背靠著山岡，立著約六十棟房子，它們面向平原，距離平原中央大約有六十碼。山谷的邊緣，被居民們修整得很平坦，用扁扁的瓦片鋪著。這裡的每個屋子前面都有一個小花園，花園裡都有環狀的小徑，一個計時器和二十四顆捲心菜。由於太過相像，沒有人能夠把這裡的一棟房屋和另一棟區分開來。

這些房屋看起來有些老舊，形狀樣式都很古怪，不過要不是這樣，也不會如此引人注意。它們都是用那種被烈火燒得中間紅、兩端黑的磚頭堆成的，屋子的外牆看起來像是放大的圍棋盤，甚至有些時髦。屋子兩端各有一堵山形的牆，朝著正面，屋簷、門上的簷口還有房子的其他地方都大小一致，像是有特殊的規格。窗戶的窗子不僅又窄又深，還裝有很多窗戶格子，透明整潔的玻璃好好地鑲嵌其中。屋頂的瓦片很有特色，都是長耳瓦片。木工也頗具特色，所有的木質都是暗色調的，樣式單一卻經過精雕細琢。大概從很久以前，鎮上的雕刻師就只雕刻兩樣東西，一個是計時器，一個是捲心菜，他們把這兩樣東西雕刻得活靈活現，構思精巧並頗具創造性。

這些小屋不僅外面相似，連內部構造也如出一轍，就連傢俱的擺設也千篇一律，位置都沒有變化。屋子的內部和外觀相互映襯，方形瓷磚鋪成的地板，黑木做的桌椅，有彎曲的細腿和長得像小狗一樣的腳。高大的壁爐架，正面吊著計時器和捲心菜，最上面正中央還擺著一個真正的時鐘，就是那種滴答滴答響，會報時的時鐘。在時鐘的兩邊，各放了一個花瓶，裡面插著捲心菜。花瓶和鐘的中間，還放著一個大肚子的瓷人像，瓷像的中間有個洞，能夠清楚地看見手錶的錶盤。寬敞的壁爐裡面，還裝有彎曲的柴火架，火精靈經常在裡面舞動著，火上架著一口大鍋，正咕嘟咕嘟燉著醃製的捲心菜和豬肉，散發著香氣，這時屋子裡的主婦總會目不轉睛地看著瓷像。

眼下這間屋子裡，照看大鍋的是一位個子不高身材略胖的老婦人。她那雙藍汪汪的眼睛像是會說話一樣，紅潤的面頰看上去氣色好極了。她穿著橘黃色亞麻羊毛混紡的長裙，戴著糖塊形狀、紫黃色帶子的帽子。衣服有些窄小，在大腿上面緊繃著。她有些粗的腿和腳踝被一雙好看的綠色長襪遮著，粉紅色的羽毛製鞋子很合腳。她的右手正握著長勺不斷在鍋裡攪拌，左手上戴著一塊精緻的德國錶。身邊還立著一隻溫順的肥貓，身上長著條紋，尾巴還拴著鍍金的玩具彈簧錶，不用說這一定是孩子的惡作劇。

花園裡，三個男孩子正在餵豬。他們都有兩英尺高，頭上頂著三角形的帽子，身上穿著珍珠母大鈕扣的大衣，裡面是紫色長背心，下面穿著剛過膝的鹿皮短褲，腳上還踩著一雙銀質大帶扣的重靴。別看他們年齡不大，但他們嘴上都叼著煙頭，右手還握著小小的錶，很有派頭。

他們噴一口煙，看看錶，再噴一口煙，看看錶。豬圈裡，那隻胖胖懶懶的豬拱食著掉下來的捲心菜葉子，還不時踢著被孩子們繫在尾巴上的鍍金錶。房門右手邊的高背扶手椅上，坐著一個老人，看來是這家的男主人，他是位個子不高有些胖的紳士，有著圓溜溜的眼睛和肥嘟嘟的雙下巴，衣著打扮和那幾個孩子就像一個模子刻出來的，只不過他用的煙斗不是迷你型，錶也放在口袋裡。

比起手錶，他似乎對一些別的什麼更感興趣，這一點，我過一會兒會補充。他就這樣坐在那裡，翹著腳，臉上暗淡無光，卻無時無刻都至少用一隻眼睛看著平原中央的某個顯著目標，那個目標就是鎮上參議會大樓的尖塔。

說到這裡，我不得不花些筆墨描述一下鎮參議會的成員們。他們都是矮個子，一個個圓乎乎的，看上去有些奸猾。他們最主要的特徵就是圓溜溜的大眼睛和肥嘟嘟的雙下巴。與普通居民相比，他們的外套更長，鞋子上的帶扣更大。在我逗留的時候，他們開了很多次特別會議。會議的內容冗長，簡單來說就是三點：「改變古老的傳統是錯誤；除了這個城鎮，其他地方的事物都無法忍受；鎮上的人要一輩子忠於時鐘和捲心菜。」

參議會議事廳上面的塔樓裡，存放著村民的驕傲——沃頓沃提米提斯鎮的大鐘，人們都很珍愛它。對於這裡的居民來說，它比大本鐘還要珍貴。坐在皮墊扶手椅上的老紳士一直望著的正是這座大鐘。這個尖塔有七面，每一面正好對應著大鐘的一面。無論你從哪個方向看來，都能輕鬆地看見大鐘，尤其是它那巨大的白色面盤和沉重的黑色指針。

鐘樓裡，有一位專門負責照看大鐘的看守人。這大概是鎮子上最清閒簡單的工作，因為沃頓沃提米提斯的大鐘從來都沒有出過問題。在這個鎮子上，就算是假設它會有問題，也會被視作異端邪說。因為從歷史記載的最古老時候，這座大鐘就每天準確報時。

實際上，整個鎮子所有的手錶、懷錶和時鐘都一樣，嚴苛地按照這個大鐘的時間走著。就好像這個城鎮是時間的王國，這大鐘就是國王，每當大鐘報時「十二點正」，他的所有子民和追隨者都相應開口。

就像這裡的人都喜愛醃捲心菜一樣，他們也都為自己的時鐘感到驕傲。就像那些名譽會長之類掛名閒職受人尊敬一樣，在沃頓沃提米提斯，最受人尊重的就是鐘樓的看守者，他也是這鎮上最顯赫的人，就連鎮子上的動物也對他心懷敬畏。他的大衣下擺也遠比鎮子上那些紳士長得多，就連他的煙斗、鞋帶扣也比其他人大上許多，他的肚子和眼睛也不例外。不過他的下巴，可不僅僅是雙層，而是三層。到這裡為止，我已經描述了這個鎮子的美好，它就像是一幅精美的畫作，讓人珍視。

在這裡，智者流傳著一句古老的諺語：「翻山過來的沒有好東西。」現在看來，這句話倒有些先見之明。

就在前天中午，十一點五十五分的時候，有一個奇怪的東西出現在東邊的山脊上。它引起了居民們的廣泛關注，幾乎每個正在注視大鐘的人，都驚慌失措地看著眼前出現的怪東西。

又過了兩分鐘，那個鬼東西漸漸能看出本來的面貌了，那是個矮個子的外國年輕人。他飛速地衝下山來，每個人都看得清清楚楚。看裝扮，他簡直是這鎮子上出現的最講究的人了：貼身剪裁的黑色燕尾服外套；同樣顏色的喀什米爾羊毛料子的及膝短褲，黑褲襪；裝飾著黑色綢帶的軟底平底鞋。他胳膊下一邊夾著巨大的綢子三角帽，另一邊是一個幾乎是他的頭五倍大的小提琴，左手還拿著個鼻煙壺，邁著古怪的步子輕盈地走下來，臉上還怡然自得。

他的長相不足以令人稱奇，不過也十分有特色，豌豆大的眼睛、高挺的鷹鉤鼻、一口潔白的牙齒，面呈暗煙色。我以上帝起誓，我沒有一絲誇大，這就是住在這裡的居民們的親眼所見。

實話說，雖然他滿臉笑容，不過那也是一張讓人看著不舒服的陰險邪惡的面孔，這些倒並沒有引起人們的懷疑。最讓人生氣的是，這個魔鬼一樣的男子，這兒跳一下西班牙舞，那兒跳一下旋轉舞步，卻從來沒跳對到拍子上。

這時候，所有的善良鎮民都沒有完全張開眼睛，只差三十秒就到正午了。那魔鬼蹦來蹦去，一會兒一個滑步，一會兒一個金雞獨立，就在一個原地旋轉和一個和風舞步之後，他飛上了塔樓，像飛鳥一樣輕盈。這可嚇壞了正在抽煙的塔樓看守人，他還沒反應過來，就被那個傢伙揪住了鼻子。

那魔鬼又是搖又是拽，還死命把看守人的帽子往下壓，緊接著又用那個小提琴使勁的打看守人。空空的小提琴因爲敲擊發出的聲響就像是有人在塔樓裡打低音鼓一樣。不過鎮民此時沒有工夫顧忌他在做什麼，因爲還有三十秒就到正午了。

鐘就要敲響了，所有的人都盯著手裡的錶，等待著鐘聲。「一！」大鐘鳴響，所有的老頭，也回應著「一」，他們的手錶也敲響了「一」，屋子裡的婦人的錶也響了「一」，孩子們的錶也響了，就連小貓小狗，院子裡的豬身上的錶，也響了。「二、」「三」……「十」、「十一」每一聲，都呼應著傳了很遠。「十二！」十二點了，所有的老頭都歡呼著舉起他們手裡的錶，不過還沒有停止。「十三！」大鐘又敲了一下。

「魔鬼！上帝啊，魔鬼來了！」老頭們都面色蒼白，放下他們翹起的腳，丟開煙斗。「上帝啊，十三下，大鐘響了十三下！」所有的人都失去了理智，我幾乎不知道用怎樣的詞彙才能描述接下來的混亂。「我的，我的肚子怎麼了？」孩子們高聲吼道，「這時候，我應該餓了。」所有的主婦們也都尖叫著丟掉勺子：「我的，我的醃捲心菜怎麼了？這時候它應該煮爛了。」接踵而來的是：「我的煙斗，我的煙斗怎麼了？真是該死，這時間它該抽完了。」老頭們怒火萬丈地填滿煙斗，坐回椅子，吞雲吐霧。所有的捲心菜湯都成了紅色，以時鐘形態出現的每一樣物件都像被惡魔附身一樣，不停地敲打著十三點。

山谷被煙霧籠罩，眼前的一切都扭曲的可怕。貓和豬，都無法忍受繫在他們尾巴上的鐘，開始尖叫狂奔，它們到處亂跑亂撞。貓竄到人們臉上，從女人的裙子下穿過，到處一片混亂，稍有理智的人都難以想像。

最讓人生氣的是，那個不可救藥的魔鬼正竭盡所能地折磨看守人。鎮民不時地透過煙霧瞥見他，那魔鬼正騎在仰面朝天的看守人身上，吊著鐘猛拉。我現在想到那刺耳的聲音還覺得頭痛，耳朵裡嗡嗡作響。

他的膝蓋上，擺放著那把身形碩大的小提琴，他在演奏，不停地刮擦著。那曲子彷彿是《弗蘭那甘之朱蒂與芮弗迪之伯忒》，卻又跑調又錯拍，他那模樣完全像是個傻子。

一切就這樣發生了，原本美麗的鎮子就這樣變得淒慘混亂，連我也心懷厭惡地離開了。在此，我要代表這個鎮子上的人，向那些熱愛正確時間和好吃的捲心菜的人求助，求求你們幫我們趕走那個魔鬼，趕跑那個在塔樓上作怪的混蛋，幫助沃頓沃提米提斯人恢復他們古老美好的秩序。

# MEETING 清晨遇見愛倫坡 ALLAN POE AT DAWN

# — 瓶中手稿 —

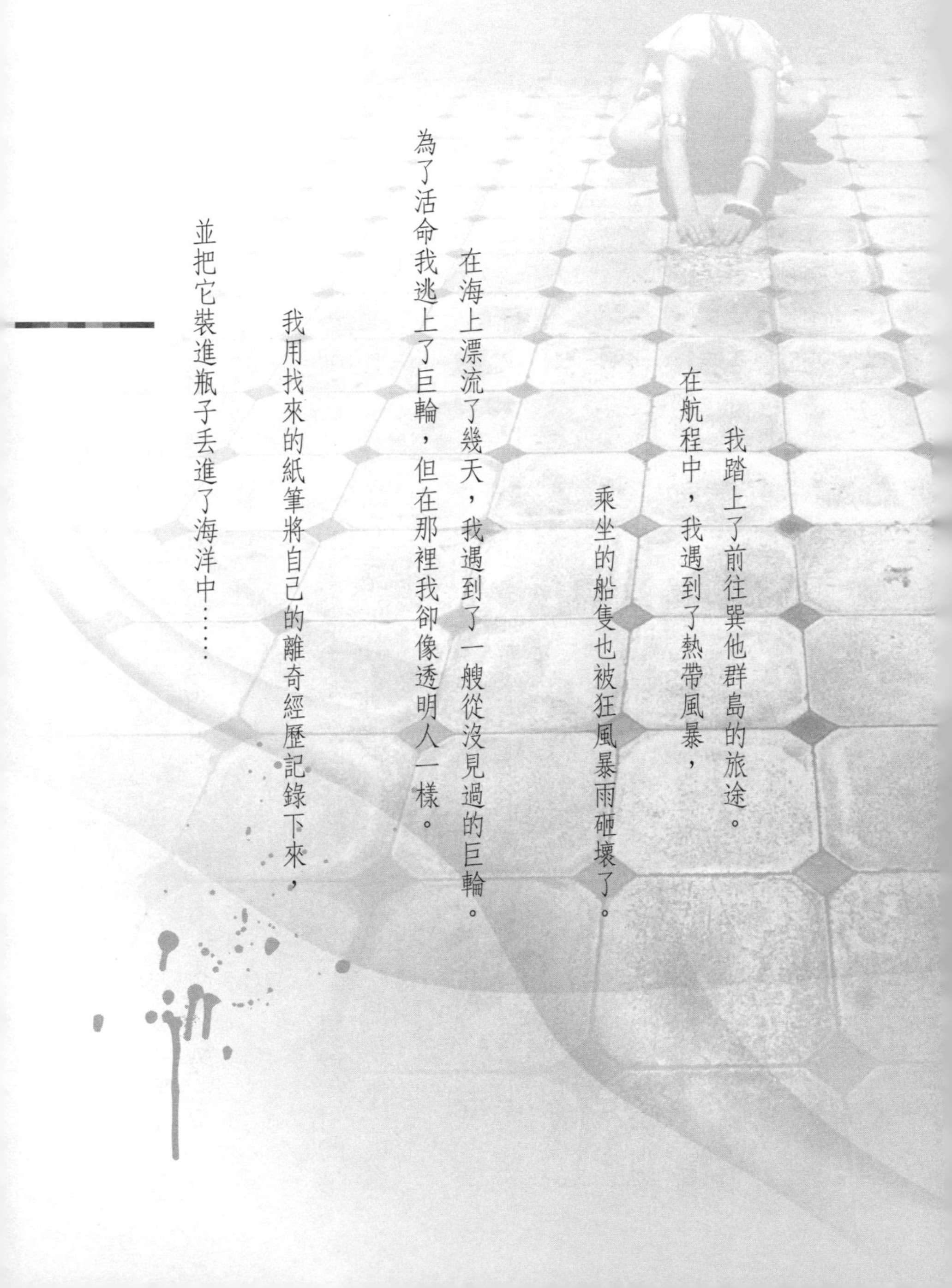

我踏上了前往異他群島的旅途。

在航程中，我遇到了熱帶風暴，

乘坐的船隻也被狂風暴雨砸壞了。

在海上漂流了幾天，我遇到了一艘從沒見過的巨輪。

為了活命我逃上了巨輪，但在那裡我卻像透明人一樣。

我用找來的紙筆將自己的離奇經歷記錄下來，

並把它裝進瓶子丟進了海洋中……

在異國他鄉遊蕩了多年後，我在某年踏上了前往巽他群島的旅程。我從巴塔維亞港出發，它就在聞名遐邇、物產豐富、人口眾多的爪哇島。我之所以開始這段旅程，只不過是因為我好像被鬼神纏住一樣，心神不寧。

那是一艘噸位大約在四百左右的漂亮的船，船身鑲嵌著黃銅，孟買製造，用的是馬拉巴的柚木。船上裝著各式各樣的貨物，有產自拉克代夫的棉織品和油料、椰子殼纖維、椰子糖、酥油、可可豆，還有幾箱鴉片。

估計是貨物擺放時有些匆忙，它們安放得並不合理，因此導致了船總是搖來晃去的。我出發時是個好天氣，微風陣陣吹著我們離港，接下來的很多天，船沿著爪哇島的東海岸緩緩前行，沒發生什麼惹人注意的事，除了偶然遇到幾艘從我們的目的地開來的小船，這樣的行程顯得有些枯燥單調。

一天傍晚時分，我無聊地斜靠在船尾的欄杆上，遙望西北方的天空。有一朵造型獨特的雲孤零零地飄著，那是我自出發以來，第一次看見雲彩。它的顏色和形狀都很特別，因此格外引人注目，我就這樣看著它，直到太陽在海面上消失。突然，雲朵向東西兩方蔓延開來，在天水相接處，變成一道狹窄的煙霞，形狀就像是海岸邊的淺灘。

過了一會兒，我的注意力被升起的暗紅色月亮和罕見的海景吸引。大海千變萬化，海水也看著比平時更透明。儘管我能夠清晰地看到海底，但還是借來鉛錘量了一量，發現原來船下水深居然有十五英尺。這時候，空氣炙熱難耐，熱氣裊裊升起，就像是在熾熱的鐵塊上升騰一般。

夜晚來臨了，一絲海風也沒有，周遭寂靜得有些怪異，就算在船尾的甲板上，燭火也不跳動，捏著一根長髮，也看不見它飄動。我擔心地詢問船長，他卻說看不出什麼危險。

我們的船剛漂向海岸，船長就下令收帆，拋下鐵錨，他沒有安排人值班守夜。船上的水手大多是馬來西亞人，此時他們正躺在甲板上，肆意舒展著自己的身體睡下了。我帶著災難將至的預感，惴惴不安地回到船艙。說實話，種種跡象表明，熱帶風暴即將來臨。然而，我的擔憂沒能引起船長的注意，他甚至連一句話都沒回我，就無動於衷地走開了。

因爲不安，我在床板上輾轉反側，久久不能入眠。午夜時分，我走上甲板想透透氣。就在踏上甲板扶梯最上面一級時，我驚呆了。伴著一陣巨大的嗡嗡聲，船身震動起來，我還沒搞清楚怎麼回事，一排高大的巨浪就從遠處襲來，一個浪頭從船梁末端打來，一波接一波地從船頭掃過船尾，沒有放過一個角落，整個甲板都被海水沖刷著。

其實在很大程度上，那排來勢兇猛的巨浪，拯救了我們的船隻，使其免受攔腰折斷的危險。雖然整艘船都灌進了水，桅杆也被巨浪折斷，但不久後船就吃力地浮出海面，搖晃一陣便趨於平穩了。暴風雨真的來臨了，不知是怎樣的奇跡，讓我倖存下來。

我一下子就被巨浪打暈，醒來時發現自己卡在船尾柱和方向舵之間，真是萬幸。我使了很大的力氣，才勉強站起來，頭暈眼花，四處張望後我明白船隻遭遇了巨浪，而且它還被捲入了巨大的漩渦，我們被漩渦吞噬。不知過了多久，我聽到一個瑞典老頭的聲音，我記得他是在船快離港時，才匆忙上來的。

我用盡全身力氣，朝他大聲呼喊。聽到聲音後，他馬上蹣跚地朝我走過來，來到船尾。直到這時，我才發現我們是此次風暴中僅有的倖存者。甲板上空無一物，原本躺在那裡的水手們早就被掃落在海中。整個船艙灌滿了水，船長和副手們估計也在睡夢中死去了。周圍沒有任何船隻，我們根本無法操縱船隻擺脫險境。這艘船隨時都可能下沉，我們沒辦法採取任何措施，只是無助地呆立著。

船的錨索早就在第一陣颶風襲來時，被切割爲一段段的，脆弱得像是包裹上的細線。此時的船，正隨著波濤，以可怕的、無法控制的速度前行。水流擊打著船舷，船尾的骨架也支離破碎。其實它早已經千瘡百孔了，只是之前我們沒有注意到。令人欣喜的是，水泵沒壞，壓艙物也沒有太大的移動。此刻，風暴最強烈的時候已經過去，所以，我們幾乎已經感覺不到來自風的威脅。

只是，我們的心情依然鬱悶，盼望著風暴能夠徹底平息。看著破舊的船體，我想接踵而來的巨浪，一定會置我們於死地。不過這樣合理的推斷並沒有立即應驗，這艘廢船在狂風的推動下行駛了五天五夜，用難以估計的速度漂行。雖然狂風不及之前的颶風猛烈，但也遠比我遇到過的可怕。

五天五夜，我和那個瑞典老頭，僅僅憑藉著從前甲板下水手艙裡好不容易弄到的少量椰子糖支持著。前四天，風向沒怎麼改變，船向南方遊移，憑我的判斷，我們正沿著不知何處的海岸漂流。

可到了第五天，風向驟變，更加偏向北方，天也冷得厲害。在地平線的地方，病態昏黃色的太陽探了出來，卻沒有光芒散射。天空中沒有雲彩，風則瞬息萬變，一陣一陣的越來越猛烈。大約正午，當然這僅僅是我們的猜測，太陽再度引起了我們的注意。在它被朦朧昏沉的一圈光暈照著，沒有散發出光線，好像所有的光線都被融化了一樣。在它再度沉入喧囂的大海之前，光暈中間的部分突然消失了，就像是被人突然拿掉一般，只留下一個銀色的邊框，直直地墜入海中。我們只是徒勞地等待著第六天的到來。

對我來說，那一天還沒到來，不過對於瑞典的老人來說，那一天根本就不會來到。我們一直待在一片漆黑中，離船二十步以外看不到任何東西。黑暗密實地包圍著我們，黑夜沒有盡頭，就連我們熟悉的熱帶磷火也沒有照亮過海面。我們還發現，暴風勢頭不減地繼續肆虐，可襲擊我們的狂濤巨浪卻消失了。在黑暗荒涼的海上，氣氛陰森恐怖。恐懼已經悄悄潛入了瑞典老人的靈魂，我也暗暗詫異。

我們不再關心這條幾乎報廢的船，只是一邊望向無邊無際的海域，一邊盡可能地抱緊殘餘的後桅杆，希望能因此得救。我們沒有辦法計算時間，也沒有辦法猜測自己的處境，我們唯一清楚的是，船已經向南漂了很遠，漂到了未知的領域，那是任何航海家都未曾到過的地方。

出乎我們意料的是，一路上我們都沒有遇到冰山。我們隨時面臨的威脅不過是被巨浪吞沒。誰也不知道我們能活多久，也許下一秒就是生命的盡頭。海浪仍然洶湧起伏，超乎我的想像。

真是奇跡，在這樣的巨浪中我們沒有立刻葬身海底。一起掙扎的夥伴提醒我，這艘船品質上乘，不會輕易沉下去。可是我控制不了自己的恐懼，越來越絕望，好像死神就站在我面前，戲謔地嘲笑著掙扎求生的我們，我已經做好了隨時赴死的準備。

船每漂行一海裡，大海就翻騰得更駭人，也更陰沉。有時候我們被拋在浪尖，越過天空中的信天翁，有時候又被暈頭轉向地捲入激流，被甩進地獄般的深水。那裡的空氣凝結了，沒有任何聲音能驚擾海妖的酣夢。就在我們掉下去的那一刻，瑞典老人的驚呼，打破了沉寂。「看，快看！」他大喊道，尖叫聲直灌耳膜，抵達心靈，「看！全能的上帝啊！快看！」他還在尖叫。我已看到了，沿著我們即將墜入的巨大深坑邊緣，散落著一絲朦朧陰沉的紅光。

我簡直不敢相信我的眼睛，我的血液停滯了，就在我們正下方不遠的地方，在一個下劈浪頭的陡峭邊緣，有一艘約四千噸位的巨輪正在打轉。它看起來比任何一艘戰艦和商船都還要巨大，整個船體黑漆漆的。我想即便是雕刻上任何常見的圖案，也不能減輕它的色調。

它敞開的炮門中探出一排金閃閃的黃銅大炮，正沐浴在戰燈的光亮下；繫在繩子上的戰燈左右搖晃，卻沒有掉落。在超自然的巨浪和颶風中，那艘船依舊開著風帆，向下風處駛去。

剛發現時，我們只看到船頭，因爲巨浪正把它從陰森可怕的漩渦中緩緩拔起。更可怕的是，它還在浪尖停留了一會兒，才晃蕩著跌落，就像是沉浸在高高在上的威嚴之中，又突然隕落一樣。那一刻，不知道爲什麼我像獲得救贖一樣，內心平靜下來。我跌跌撞撞地盡可能走到船的尾部，等待毀滅的時刻。

我們的船終於停止掙扎，船頭也沉入大海。接著，那被巨浪拋上雲端又從天而降的巨輪，撞上了我們已墜入水裡的船頭。一股無法阻止的力量，猛地把我拋擲到陌生巨輪的繩索上。我跌落下來時，巨輪已轉向上風，離開了深淵。

一片慌亂中，沒有水手發現我。我躡手躡腳地溜到巨輪中部艙口，艙門半掩，我趕忙躲了進去。我也不知道爲什麼要這樣做，也許當我第一眼看到這船上的水手時，就直覺地無法信任他們。那驚慌的一瞥，讓我對他們既新奇又憂懼。因此，我連忙在船艙中尋找安身之所。我小心挪開一小塊活動甲板，在碩大的船骨間，爲自己尋找能隨時躲藏的地方。剛要掀起活動甲板，就聽到船艙裡響起了腳步聲，我馬上又躲了起來。有個步態不穩的人，有氣無力地從我藏身的地方走過。

我看不見他的臉，只能打量他的大概形態。看得出，他已經年老力衰，連膝蓋都開始搖晃了，全身哆哆嗦嗦，嘴裡還不知嘀咕著什麼。我聽不懂他說的是哪國語言，只見他在角落怪模怪樣的機器和快爛掉的航海圖中摸索著。他神情是古稀老人特有的睿智和孩子一樣的暴躁，後來他上了甲板，自此，我再也沒看到過他。

一種莫名的感覺湧上我的心頭，這感覺用我以往的經驗教訓無法分析，估計將來我也不會明白。這樣的腦袋，用來思考未來真是不幸。我知道，我再也無法相信自己的那套觀念了。它們原本就含糊不清，此時無法確定也十分正常。我感到，新的東西像植物一樣，在我的心頭生了根，發了芽。在這艘有些駭人的船上待得越久，我越覺得命運之神已經爲我指明了方向。

船上的人讓人費解，當他們從我身旁經過時，就像是在考慮什麼問題太過專心似的，沒有一人注意到我的存在。就在剛才，我還在大副的眼前走過，不久前，我還闖進了船長的房間，拿了紙筆。

我的躲藏全無意義，甚至只能證明我的愚蠢。我要用拿來的紙筆，將我的經歷記錄下來，就算沒機會讓世人知道，也要一直寫下去。實在沒辦法，我會把這份手稿密封在瓶子裡，丟進大海，希望有緣人能讓它們重見天日。每當出現新的事情，就給我啓發，讓我展開全新的想像，難道這就是老天的旨意？

不久之前，我壯著膽子，悄悄地走上了甲板。在快艇底部堆著的繩梯和破舊的帆布間躺著，思考著自己這神奇的際遇。無意間，我的手摸到了一把柏油刷，我就在輔助帆的邊上，隨意地塗抹著。現在那輔助帆張開掛著，而我的無意塗鴉居然恰好組成了「發現」這個詞。通過對大船構造的仔細觀察，我想這並不是戰船，儘管它的武器配備十分齊全。不過它究竟是做什麼用的，我實在說不清楚。

它的造型是我沒見過的種類，龐大的船身、大得離奇的帆，船頭看起來很樸素，船尾又透露著古老低調的奢華，我小心地在記憶裡檢索著，靈光一現又隨即消失，總覺得這個樣式在哪裡見過。記憶閃過國外的史略和年代久遠的事情，就連自己的一些模糊往事也伴隨而來。

我一直在研究船骨用的木材，那是我從沒見過的品種。它讓我想起了一位常年在海上漂泊的荷蘭老航海家的箴言：「千真萬確，船在海水裡會像水手的身體一樣，越泡越大。」

每當那位老航海家被質疑其經歷的真實性時，他總會說出這麼一句奇怪的話。如果說，用來造船的西班牙橡木是因爲某種非自然的處理方式而膨脹，那這種木材自身就具備這樣的性質。它看上去質地鬆軟，讓人覺得不適合用來造船，且不用說遠洋旅行一定會遇到的蟲蛀，就連能否經受海水長久浸泡的考驗都令人懷疑，不過也可能是我太過於吹毛求疵了。

大約一個小時前，我放膽擠進了船員之中，但仍然沒有一個人意識到我的存在。他們的狀態和我之前在船艙裡看到的老人很像，都露出老態，身體孱弱，走起路來膝蓋微微顫抖。仔細看去，一個個頭髮灰白，背部微駝，皮膚粗糙得像是樹皮一樣。他們說話的聲音斷斷續續，十分低沉，就連眼睛也因上了年紀，被風吹得淚水漣漣。

這群人就這樣站在甲板上，任由狂風吹得他們滿頭的銀絲在空中翻飛，他們身邊的甲板上，四處散落著看上去怪裡怪氣的各種製圖儀器。

就在我之前提到的輔助帆張開時，大船就開始順風向南飛速行駛。掛在桅杆上的帆被風吹得鼓鼓的，就像要脹破了一般。

甲板上的船員依然怡然自得地工作著，沒看出一點不適，我卻站不穩了，只好走下甲板。這艘船沒被捲入海底，真是上天庇佑，我也許命中註定不會沉入深淵，只是在死亡邊緣掙扎。這艘船在我從沒見過的驚濤中航行，像海燕一樣輕巧地掠過。那些駭人的巨浪，只是嚇唬嚇唬人而已，不會真的造成威脅。我只能把一次次逃脫危險歸結爲自然因素，可能有很大的水流或者海底逆流支撐著船隻，只有這樣才能解釋所發生的一切。

我進入了船長室，和船長面對面，但我卻依然像空氣一樣沒被發現。乍一看，他與普通人一樣，但看久了就能感受到他散發出來的威嚴，讓人不由得心生敬畏，甚至還混著驚訝。他大約和我一樣高，都是五點八英尺，身材中等，很是結實。表情有些奇怪，整張臉刻滿了歲月的痕跡，讓人看著有些毛骨悚然。

我不知道該說些什麼，只覺得他的老態不僅讓我產生了恐懼，還夾雜著說不清的東西。他的前額並沒有很多皺紋，但每一道都被歲月侵蝕得十分深邃。他的灰白頭髮示意著過去的種種，渾濁的雙眼望向未來。在艙房的地板上，攤著厚厚一層書、鑄模科學儀器和看不清年月的過時航海圖。

船長用手撐著頭，目不轉睛地看著一張類似軍職委任狀的紙，那上面有君主的簽名。船長目光中透露著對祖國的忠誠，還有一絲不安。不知道他一個人嘀咕著什麼，滿是憤怒地說出幾句外國話。雖然他人在我身邊，但他的聲音卻像是從很遠的地方發出的，微弱又模糊。這艘船就像是幽靈船一樣，散發著古老腐朽的氣息。那些悄聲走來走去的船員則像是遊蕩了千百年的幽靈，雙眼散發著渴望和不安。

在戰燈的照耀下，哪怕是他們的指尖觸到我經過的地方，我也會產生一種特殊的感覺。這感覺我從未遇到過，即便我的心中一直銘刻著巴爾貝克、泰特莫、波塞波利斯那樣入土之人的影子，並一生都在跟他們打交道，但哪怕直到自己湮沒變爲灰塵，也難以想像。

如果說，看到狂風來襲，我會嚇得渾身戰慄，但在看見狂風與巨浪的戰爭時，我只能呆若木雞，那情景就連用龍捲風和熱帶沙漠風暴來形容都覺得不夠貼切。世界一片黑暗，像是進入了永夜，海水也平靜了下來，可是距離船兩側大約三海裡的地方，出現了高大的冰牆，就像是到了世界的盡頭一樣。如同我的猜想，這船確實乘著水流，被夾帶著航行。如果這水流能被看做是洋流，那這洋流已經到達了目的地，從白色冰牆邊呼嘯而過，急速地向南流，就像是放平的瀑布一樣，水流肆虐著。

我根本無法說出心底的絕望，但是我依然對這片可怕地域的秘密感到好奇，我已經對可怕卻註定來臨的死亡妥協了。船像是帶著接近終點般的迫切，全速前進，駛向某個即將被揭開的秘密——某個激動人心無人知曉的秘密，即使那結局明明就是毀滅，也毅然前行。或許，水流想把我們帶到南極去，這毫無根據的猜測，完全有可能成真。

船員們還在甲板上不安地踱步，表情卻透著熱切的期盼而不是漠然的絕望。風依舊吹向船尾，帆高高漲著，船時不時騰空，真是嚇人極了！

不是左邊的冰塊突然崩裂，就是右邊的，驚險的情況一環緊扣一環。我們目眩頭暈地圍著一個大漩渦打轉，就像是在一座虛構的圓形劇場邊緣轉個不停。我根本沒有時間來思考自己的命運，就在大海和狂風的巨大轟鳴中被捲入渦流，無法掙扎。船體劇烈地顫抖著，不知道什麼時候會被撕碎，一下子消失不見。

哦，上帝！這艘巨大的船沉下去了，就這樣沉了下去。

# 凹坑與鐘擺

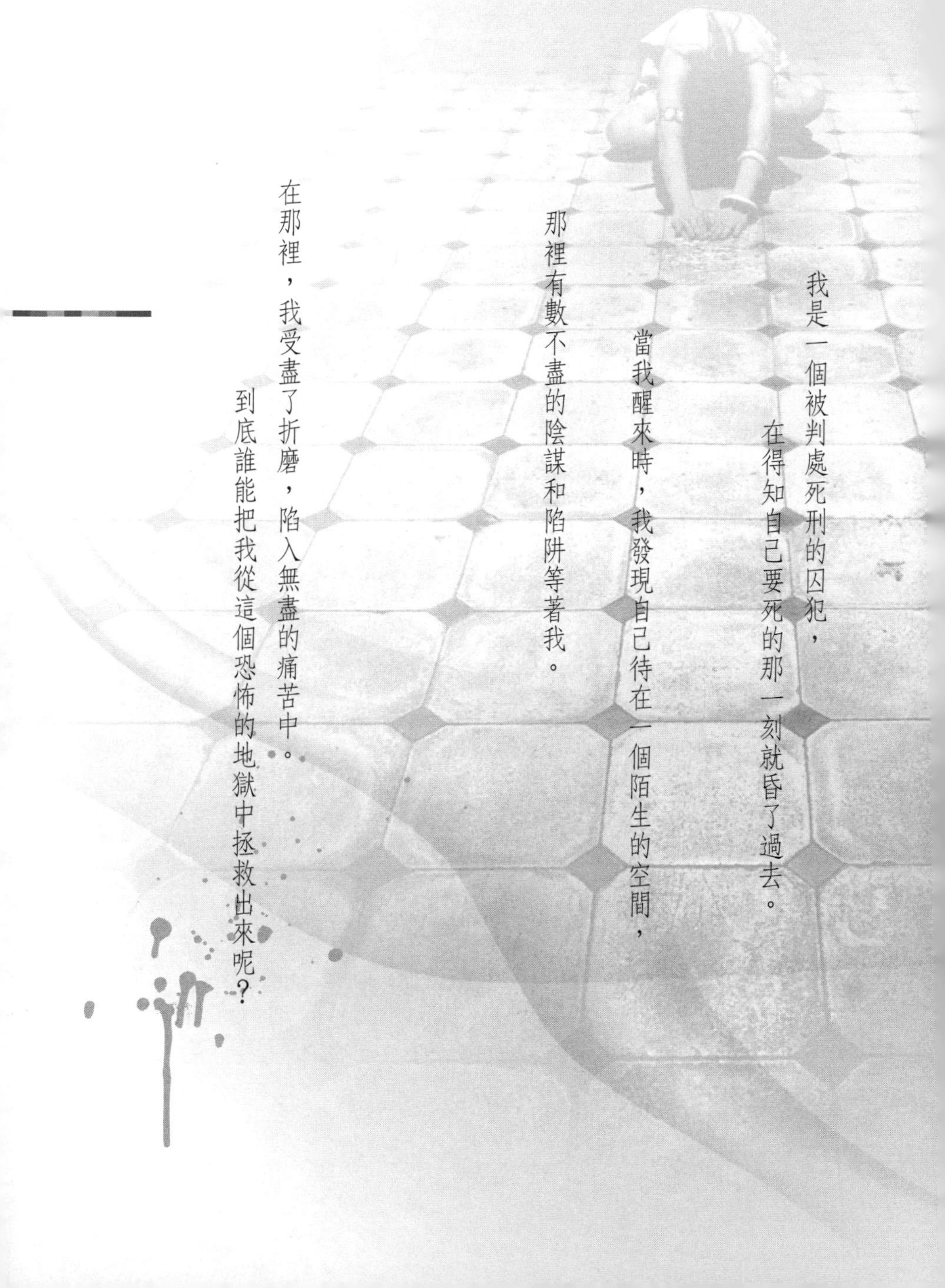

我是一個被判處死刑的囚犯，

在得知自己要死的那一刻就昏了過去。

當我醒來時，我發現自己待在一個陌生的空間，

那裡有數不盡的陰謀和陷阱等著我。

在那裡，我受盡了折磨，陷入無盡的痛苦中。

到底誰能把我從這個恐怖的地獄中拯救出來呢？

長期的折磨讓我感覺自己離死亡不遠了。當他們最後給我鬆綁時，我只覺得自己快要昏厥了。我清楚聽到的最後聲音，是一聲可怕的死刑判決，之後的那些聲音像蚊子飛行般在耳邊嗡嗡作響。恍惚間我聯想到水車，然後想起了「旋轉」這個詞。

在那之後，我就什麼都聽不見了，不過眼前的場景倒是很清晰。那裡有一位身著黑袍的法官，但我只能看見他白花花的薄嘴唇，那顏色比簽字畫押的紙還要白，薄得異於常人，那麼薄的嘴唇，說出的字句卻有千斤之重，那字句透露著對人類所受折磨的不屑。我看見了自己的判決，死刑的判決，正一字一句地從那張嘴吐出來。

一開一合間，我的名字出現在空氣裡。我看得見嘴唇在動，卻聽不見任何聲音，就像是看電影時設置了靜音一樣。我嚇得渾身顫抖，神志不清，目光不知道掃到哪裡好，黑色帷幔在無聲地起伏著，幅度很小，卻被我的眼睛捕捉到了。桌面上立著七根點燃的白色蠟燭，好像是頭頂聖光的天使，充滿著仁慈，似乎能拯救我。可一轉眼間，它們就變成了冒著鬼火的厲鬼。

一個念頭鑽進了我的腦海，它告訴我長眠於地下是美好的，我想了很久，終於欣然接納。可正當我準備敞開心門之時，法官不見了，燭火也熄滅了，甚至看不見蠟燭的影子，我的眼前只是漆黑一片，什麼都沒有。所有感官消失了，我只剩下自己的意念，我覺得我正在急速地墜落，彷彿掉進了地府。

時間停滯了，周圍沒有任何聲音，黑夜掌控了一切。我昏了過去，卻仍保留些許意識，我不想描述，更不願意詳細說明究竟是怎麼一回事，不過我真的沒有喪失所有意識。我既不像是睡著了，也不像是嚇呆了；既不是徹底地昏過去了，也不是死了。就算是死人躺在墳墓裡，也不是完全地失去意識吧？不然怎麼會有靈魂不滅的說法？就像當我們從熟睡中醒來，總記不住自己的夢境一樣，人從昏迷中醒來，也有兩個階段：第一個階段，是思想或者精神上恢復了意識，能感知周圍的一切，卻無法控制自己的身體；第二階段，是肉體上的蘇醒，人終於能夠控制自己的軀體了。

如果身心都恢復過來，還能想起第一階段中的影像，我們或許能發現，那些影像活靈活現地展示了昏迷中的狀況，如同人家說臨死之前能夠回顧自己一生一樣。如何才能把死亡的預兆同昏迷的預兆分開，昏迷又是怎麼回事？

就算我們假設第一階段的那些影像不會被隨便想起，可不能保證事過境遷後，它不會悄然而至。當它到來時，我們只是對它的來源做諸多的猜測，甚至驚訝它的出現本身。沒有昏迷過的人，一定沒見過懸浮在空中的奇怪宮殿和一張張熟悉的臉，在跳躍的火光中出現；也一定不會看見幻影，浮在半空中，時升時落又透著憂傷。沒有那樣經驗的人，是絕對不會對著沒聞過的花香思索很久，更不會被前所未聞的音樂搞得心神恍惚。

我常常在腦海中搜尋昏迷時眼前浮現的種種，試圖將那些內容擒獲。有時我常沉浸於對當時那種狀態的追憶，想要深陷下去，卻仍只能停留在表面。每當我以爲自己抓住了線索時，理性的分析卻告知，那記憶只跟無意識有所牽連。這份時隱時現的記憶，朦朧地向我再現了當時的場景。我被一群高大的人影抬得高高的，然後被無聲無息地推落深淵。記憶裡只有自己不斷地下墜，下墜，意識全被這兩個字佔據，我感到一陣暈眩。

這份記憶還表明，當時我心如止水，只因爲模糊的恐懼泛起些許波瀾。對於我，時間是靜止不動的，推我下去的人成群結隊，十分可怕。我的下落也沒有邊界，無休無止，直到身心疲憊、毫無力氣才停止。再之後，我回憶起我躺在一個平面上，周圍十分潮濕。接下來，便只剩下瘋狂，我承受不了的記憶要破殼而出了。

那一刻，我恢復了聽覺和對身體的掌控，我聽見自己胸腔中那顆心臟在瘋狂地跳動，之後腦海中便一片空白。我能感覺到聲音、動作和觸摸，全身遍佈一種刺痛感。我沒有了思想，只能意識到自己的存在，卻無法進行思考，無法分析現在的一切。

這樣的情形持續了很長時間，突然，思想復活了。我恢復了恐懼，努力想要瞭解自己所處的真實環境的想法也變得強烈。在我無知覺的腦海中，激起了強烈的渴望。我恢復了全部意識，手腳也可以活動了，所有的記憶朝自己襲來，法庭、黑衣的法官、帷幔、判決，等等。再之後，我遺忘的一切經由長久的努力，被模糊地記了起來。我一直沒有睜開過眼睛，直到今天也是如此，我能感覺到，我正躺著，但並沒有人用繩索捆綁我。我的手向四周摸索，碰到濕漉而堅硬的東西，於是我把手放在上面感知。

過了好幾分鐘，我一邊思考自己是到了哪裡，一邊忍受著手上傳來的潮濕和堅硬的感覺。我膽怯得不敢睜開雙眼，既畏懼張開眼後看到周圍的一切糟糕至極，又擔憂睜開眼後什麼也看不見。我的心情越來越糟，最後陷入絕望，最後，我忽然生出勇氣，猛地睜開雙眼。

和我想的一樣，周圍的環境糟糕極了。整整一夜，我被黑暗包圍，它們越逼越近，壓得我窒息。我大口大口地吸氣，卻仍然無法呼吸。稀薄的空氣讓我很難受。我只能靜靜地躺著，調動思緒，尋找自己的理性。我能想起審訊的情景，試著推測現在的情況。我被判處了死刑，這對我來說是很久之前的事情了，那現在的我其實已經死了。不過爲什麼我還有意識，還能感覺到自己在動。

儘管小說中有各式各樣離奇的事情，但小說還是與現實存在著差距。這是哪裡？我是什麼狀態？靈魂？活著？通常，被宗教法庭判處死刑的人會被綁在火刑柱上燒死，就像處決巫女一樣。可是我受審的晚上，這樣的刑罰已經執行過一次。難道，我正等著數月後的另一次死刑，因此我被押解回死牢，爭取到了更多活著的時間？不過我覺得不可能，被判死刑的人總是立刻被處死。我待過的地牢和現在待的地方不一樣，那裡的石頭地板油光滑亮的，跟托萊多城的所有死牢一樣，而這裡卻密不透風，黑得要命。

忽然之間，腦海中閃過一個可怕的念頭。

我的心跳加劇，血液快速向全身散去。有一段時間，我又失去了知覺，一緩過來，我立刻跳起來，全身痙攣。我伸出雙手，向上下左右各個方向都摸了一遍，什麼都沒碰到。即便是這樣，我也寸步難行，生怕遇到什麼擋住去路，更怕阻我去路的是那冷冰冰的墓牆。我身上每個毛孔都張開了，都在冒汗，臉頰、額頭都滴落著大滴大滴的汗珠，冰冷冰冷的。

我焦躁不安，痛苦得不知道該做什麼。最後，實在控制不住自己，打算小心地向前移步。我的雙手筆直地向前伸著，試圖捕捉一絲的微光。我的雙目瞪得如銅鈴一般，幾步之後，我發現周圍依然什麼都沒有，黑漆漆的一片。看來我還沒有那麼倒楣，於是我稍稍平復了心情，讓自己能夠順暢呼吸，至少，我不是待在墓地裡。在我搜尋的時候，關於托萊多城的那些稀奇古怪的傳聞都湧了上來，其中有不少是關於這個地牢的，因爲太過可怕，只是在人群中私下流傳。

難道法官們打算讓我待在這只有黑暗的地方，慢慢餓死？還是有更淒慘的刑罰等待著我？無論怎樣，我都會死得比別人痛苦，我十分確定這一點。我太瞭解法官們的德行了，不過我真正糾結的並不是死去的問題，而是怎樣死去，什麼時候去死。

我滿腦子都是關於如何死、什麼時候死的猜想，不知何時，我的前方終於有了東西。我的手指觸到了光溜、黏膩、陰冷的牆面，那是一堵用石頭砌成的牆。我躡手躡腳地、充滿警惕地順著牆走。這是在聽到一些古老的故事後，我覺得有用的方式。不過順著牆走卻不能幫我確定這個房間的大小，因爲我可能在繞圈子，回到了原地也不自知，畢竟這面牆摸上去到處都一模一樣。我本想找出被我藏在口袋裡的那把小刀，上庭的時候它還待在那裡，可現在它不見了，連我的衣服也被換成了粗布的長袍。我想將刀插進牆裡確定一個起點，現在也不可能了。

我心慌意亂，看起來找不到解決這個問題的方法了。不過，很快我就想到了該怎麼做。我從衣服的下擺處撕下一小塊布，將它鋪到地面上，這樣，在我順著地牢邊緣走的時候，要是剛好繞上一圈，一定會踩到那塊布。不過我沒有仔細考慮地牢的大小，也沒有估算自己的體力，更沒想到地面的濕滑，走了一會兒就累倒在地上了。

由於過分疲憊，沒有力氣也不想起來，接著我很快便陷入沉睡。我醒過來時，伸出胳膊摸索，發現身邊放著一罐水，還有一塊麵包，我沒有工夫去想事情的緣由，筋疲力盡的我狼吞虎嚥地吃了起來。一會兒，我又重新開始了繞地牢行動的舉動。奮力撐了好久，終於回到放布條的地方。算來算去，跌倒前我走了五二步，醒來後又走了四八步才回到原點，一共一百步。

按照常人來算，兩步大約是一碼，那這個地牢的周長約五十碼，但是它的形狀我無法推斷，因爲走的過程中，我遇到了許多轉角。我確認，我正待在一個地牢裡，我的探究行動沒有目的，也不是因爲心中抱著逃生的希望，只是因爲無法抑制的好奇心。出於好奇，我又開始了另一種探索，我不再沿著牆壁走，而是打算從地牢中間橫穿一次。最初，我的每一步都小心謹慎，因地面濕滑牢固容易讓人跌倒。

後來，我漸漸產生了勇氣，沒有遲疑地踏出每一步。我盡己所能地走直線，這樣走了十一、二步，就被撕去布條後的衣服下擺絆倒了，跌了一跤。我被摔得糊裡糊塗，沒有馬上意識到這其實是一個應該吃驚的情況。僅僅幾秒鐘，在我還沒完全爬起來的時候，我注意到了讓我吃驚的那點。我的下巴緊貼著地板，可是嘴唇和臉的上部，卻什麼都沒接觸到。同時，我嗅到一種混合著黴味的異味，我整個人愣在又黏又潮濕的霧裡。

我的胳膊又向前伸了伸，摸索到一道圓滑的曲線。我不由得渾身發抖，我跌到了一個不知道多大的圓坑邊緣。我在坑邊的坑壁摸索著，摳下一小塊岩石，扔進了前面的深坑裡。

好長時間之後，我才聽到它撞擊坑壁的聲響，之後是落入水中的發悶回音。就在這個時刻，我的頭頂傳來了人們快速開關門的聲音，一縷微光，劃破了眼前的黑暗，又迅速被黑暗吞噬。

我已經清楚地明白了他們爲我安排的死法，甚至已經開始慶幸剛才跌的一跤。如果我多往前走一步，哪怕一小步，我就將跌入深坑失去性命，這種死法和傳說中宗教法庭處死人的方法一模一樣。通常那些被宗教法庭折磨的人，不是死於肉體折磨，就是死於精神謀殺，他們爲我安排的恰是第二種。他們要我在這黑暗的環境中，飽受折磨，變成驚弓之鳥。

無論怎麼衡量，他們爲我安排的死法，都是最殘忍的折磨。我渾身戰慄地摸回牆邊，坐在那裡，心裡暗暗地下了決心，絕對不再開始那可笑的冒險。估計這整個地窖都佈滿了陷阱，等待我去觸碰。也許，要是別的時候，我會鼓起勇氣，自己跳入深淵結束生命，可此刻，我卻十足的貪生怕死。那些關於陷阱的描述不時地在我眼前出現，那些陷阱的可怕之處在於，它沒那麼簡單地讓你一下子解脫。

我心煩意亂地擔心了幾個小時，最後還是睡了過去。再次醒來時，身邊一樣放著水和麵包。對於渴得要死的我來說，簡直是福音。不過這次沒有上次幸運，水裡似乎下了某種東西，喝完之後，我敵不過龐大的睡意，又睡了過去。

不知過了多久，當我再次睜開眼時，眼前有了昏黃的光亮，我能夠看清四周，也終於弄明白這個牢室的形狀和大小了。在黑暗之中，我完全弄錯了，之前的努力完全白費。這間牢房，周長最多有二五碼，其實，在這樣令人擔憂的環境裡，還有什麼比地牢的大小更無關緊要的呢？可是我被這芝麻綠豆大的事情綁住了，想要找出出錯的原因。仔細觀察之後，我才豁然開朗。丈量的時候，我數到五二步就跌倒了，隨即睡著了，當時布條距離我不過一兩步遠而已，醒來時我卻搞錯了方向，又繞了一圈。渾渾噩噩中我沒注意到，出發時牆在左手邊，到達布條的時候，牆卻在右手邊。

不僅周長出了錯，地牢的形狀，我也弄錯了。因爲一路摸索過去時，我遇到許多拐角，所以我認定地牢形狀不規則。可是現在看來，地牢大致是個正方形，所謂的拐角，不過是牆上忽大忽小的凹槽。這些足以說明，對於一個剛從昏迷或者睡夢中醒來的人，黑暗能造成很大的誤差。就連地牢的牆壁，也並非石制，而是用巨大的金屬板，比如鐵板焊接而成。在這座巨大的金屬牢籠裡，牆的表面被粗魯地畫滿了各種讓人害怕又厭惡的圖案。它們都是宗教迷信中一些陰森恐怖的景象，面目猙獰的惡魔，重重疊疊的鬼影，可怕的圖騰，滿滿地充斥著整個牆壁，整個屋子失去了美感。那些精怪的輪廓還算清晰，但顏色早就變得模糊不清。我還注意到了屋子的地板，地板倒是石頭鋪的。

屋子正中間，有個巨大的圓坑，就是那個我因爲跌了一跤而躲過的陷阱。不過並非像我猜的那樣，屋子裡佈滿機關，屋子裡只有這一個陷阱而已。這一切，我看得並不是很真切，朦朦朧朧的。趁著我昏迷的時候，我不知道被誰綁在一個低矮的木頭架子上，牢牢地用皮繩捆著，只有頭部能自由活動。我的左手邊，勉強能夠到的地方，有一盤散發著刺鼻氣味的肉，水和麵包都不見了，這顯然是那些焦急期待我死去的人刻意做的。

我抬起頭，看到了地牢的天花板。它離我大概只有三四十英尺的距離，材質也和四壁相同。其中一塊金屬板上畫著一幅彩色的時間老人畫像，同我所見過的時間老人不同，他的手裡並沒有握著鐮刀，其他倒沒什麼不同。我漫不經心地掃過，才認出他手裡的似乎是常見的老式鐘擺。不過這個鐘擺的外形很獨特，當我對著它仰望時，似乎能夠看見它在擺動。很快，這種感覺被證實了，它緩慢地小幅度地擺動著。我盯著它，既害怕，又吃驚，直到看膩了，我的目光才移開。

一陣窸窸窣窣的細微響動吸引了我，我順著聲音的方向看去。只見地上有幾隻肥碩的老鼠，從那個圓坑中爬了出來。它們完全無視我的存在，貪婪地盯著盤子裡的肉，我費盡力氣才嚇跑它們。半個小時或者一個小時，我已經搞不清時間了，我的目光又轉向之前吸引我的巨大鐘擺。

不看則已，一看嚇得臉色全變。那個鐘擺擺幅變大接近一碼，擺速也加快了近一倍。最讓人害怕的是，那個鐘擺正在下降，而它的下端是一把彎月形的鋼刀，正對著我閃閃發光。我能看到鋒利的刀刃，整個鋼刀的形狀像是執行死刑的剃刀，又沉重又笨拙，從上往下越來越寬，上面繫在銅棒上，擺動的下方劃破空氣，發出嘶嘶的響聲。

我不必再遲疑了，這就是那些愛折磨人的僧侶為我安排的死法，見我躲過一劫，就打算用這樣獨一無二的方法結束我的性命。宗教法庭的那些傢伙已經知道我發現了陷坑，就決定換一種比較溫柔的死法來對付我。那圓坑是傳說之中宗教法庭對付犯人超群絕倫的方法。趁人不備的設計、酷刑折磨不正是地牢裡殺人的主要手段嗎，無論哪一種都令人稱奇。不過現在這個方法，真是相對溫柔啊。「溫柔」，我居然用了這樣的字眼，看來我只能苦澀地一笑了。我發出聲音數著鋼刀擺動的次數，一下、兩下……就像是在倒數計時，看看自己什麼時候會死。

在漫長的時間裡，我受著比直接死去還可怕的折磨。不過說這個又有什麼用？那鐘擺正一點一點地向我靠近，一點點地下降。它的速度太過緩慢，致使我要很長時間才能發現它確實在下落。就這樣過了很多天，也許只是幾天，雖然對於我而言，時間並沒有什麼分別，那個鐘擺終於來到了我的頭頂。我能感到刀刃劃破空氣產生的微風，能嗅到鋒利刀刃上的金屬味道。

我在心中不停地祈求老天爺，讓它快點結束這酷刑的折磨。我甚至發瘋似的，想要撞上去，直接了結自己的性命。

可是，後來我突然平靜了，對著那個即將殺死自己的兇器笑了，就像是孩子見到糖一樣開心。我又昏了過去，不過這次時間比較短，因爲我醒來後發現的位置沒有變。不過也可能是那些正在監視我期盼我死去的惡魔們，看我昏過去便停止了鐘擺。

當我醒來時，感到說不出的虛弱和不舒服，就像是長久未進食一般。無論經歷怎樣的打擊，犯了如何滔天的罪過，人還是會餓的。饑餓驅使我伸出左手，顫抖地伸向老鼠吃剩的那一丁點肉。

我終於觸碰到了，掙扎著揪下一點放入自己的嘴巴。這時候一個想法閃現在我的腦海，它不成熟，卻飽含著希望和喜悅。不過人並不總是喜歡遐想，那些遐想雖然美好但最終也只是幻想而已。我感覺到那個帶給我希望的想法消失了，我拼命地想抓住它，想看一看，可一切都是白費力氣。

長久的精神折磨，已經把我變成了一個不會思考的廢物，一個白癡。我平躺著，那彎月的刀鋒，正對著我的心臟。看來這是設計好的，他們準備讓那鐘擺慢慢地劃過我的衣服，一道一道地劃破皮膚，最後到達心臟。

鐘擺擺動的幅度越來越大，下降的速度也開始加快，擺動的力道之大像是能劃破鐵板。不過對於我的衣服，它還得花費不少時間慢慢地磨破，一點兒一點兒的。我不敢去想，我不敢再想，思緒就停在那裡，就像是我不想下去，那鋼刀就會停在那裡靜止不動似的。我想像著刀割破長袍的聲響，想像那慢慢的摩擦對神經造成的緊張效果。我不停地想像和研究著這樣那樣無關緊要的細節，一直到全身發冷。

那個鐘擺只是緩慢又平穩地下降著，我比較著它擺動的幅度和下降的速度，心中產生了一種快感，想尖叫，又很恐懼。左右，左右，隨著這一下下，我不能自制地狂叫和大笑。

那鐘擺還在下降，沒有停止，只是不停地下降，距離我的胸口還有三英寸。我掙扎著想逃亡，然而全身上下，只有肘部以下的部分能夠動彈。我又將手伸到盤子裡，想抓點肉放進自己的嘴裡。可是，用盡力氣也碰不到更遠的地方。如果，如果我能夠掙脫皮繩，那我一定能夠再逃過一劫。鐘擺的下降仍在繼續，那頻率似乎和我的心跳呼吸綁到了一起。

我沒有辦法，只能任憑它離我越來越近，只能看著那鋒利的刀刃閃著寒光一點點地蹭向我的胸膛。我的每一根神經，每一個毛孔都散發著恐懼。

此刻，死亡對我而言已經不再是什麼可怕的魔鬼，而是我期盼的上帝。我渴望解脫，渴望能夠閉著眼直奔死亡。一定要戰勝它，戰勝恐懼，戰勝痛苦——這樣的希望，不會因爲我待在宗教法庭的地牢裡而消失不見，反而更加清晰地出現在我的耳邊。

鐘擺只要再擺動十一、二次就能夠劃破我的衣服了，我似乎看到了自己的未來。這樣緊急的情形，迫使我重新鎮定下來，開始思考如何逃生。天啊，這其實是我這麼久以來第一次思考。繩子，對，現在唯一的阻礙是繩子。綁著我的繩子只有一根，倘若，它斷掉，無論是哪裡斷掉，我都將有生的可能。利用正在下降的鋒利剃刀？不，那太危險了。

刀刃緊貼著身子，一掙扎，我不但不會逃生反而會輕易喪命。再說，那些監視我的傢伙，也一定不會允許我這樣做。更何況，我如何能保證，鐘擺恰好割斷皮繩而不傷到自己？我抬起頭來，仔細觀察捆綁我的繩子。該死，唯有那彎刀將劃到的地方沒被繩子纏上，我似乎看到絕望在對我招手。

我的腦袋，依然沒有擺正，之前吃食物時那個模糊的逃生念頭，居然在此刻閃電般拼湊完整。雖然這想法還不成熟，逃生的機率也很微弱，但絕處逢生的喜悅，帶給了我莫大的熱情。幾個小時以來，大批老鼠在我旁邊，貪婪瘋狂地盯著我，似乎準備來吞噬我。盤子裡的肉已被他們吃得只剩一點點碎末，我甚至不敢想像平時在那陷坑裡，它們都吃些什麼。

我驅逐老鼠的習慣性動作，不但沒為我保留一點兒食物，反而使我的手指時常被那些饑餓難耐的老鼠啃咬。想到這裡，我用左手將僅有的碎末都抹到了皮繩上，一點兒也沒有浪費，小心地塗抹，做完這一切，我開始裝死。

那些瘋狂的老鼠起初在看見我一動不動後，紛紛害怕地後退，甚至逃回洞穴，不過這現象只持續了很短的時間，我沒有估算錯它們的貪婪和饑餓。一隻老鼠跳了過來，兩隻，接著是成群的老鼠，生怕落後一樣湧了過來。它們在我的身體上走來走去，就像氾濫的洪水一般。那不斷下降的鐘擺沒給他們造成任何困擾，它們就這樣踩著我，不斷躲著鐘擺的襲擊，不斷拼命啃食著塗滿肉末的皮繩。那種感覺無法形容，甚至有那麼幾隻老鼠將冷冰冰的嘴唇湊向我的嘴，我不禁毛骨悚然，充滿了恐懼和厭惡。

過了一會兒，我能感覺到這方法正在慢慢生效。我身上的繩子不止一處被老鼠弄斷，我能夠動了，不過我依然沒有得到完全的自由，於是我憑著自己的意志保持著一動不動的姿勢。終於，我將要自由了，那皮繩斷成一截一截，掛在我身上。不過彎月的剃刀已經壓向了我的胸膛，連我那厚厚的長袍都被割破了，裡面的亞麻布長衫也岌岌可危。又是兩個來回，我感覺到了疼痛。終於到了，終於到了脫身的時刻。隨著我的挪動，那群稱得上救命恩人的老鼠四下流竄。我能夠行動了，我謹慎地向旁邊一縮，既躲過了利刃，也擺脫了繩子的捆綁。這一刻，至少在這一刻，我自由了。

雖然我依然在宗教法庭的控制下，可是我逃過了這折磨人的刑罰。我剛剛逃離困境，坐在地板上，那可怕的鐘擺就停止不動了。我看到它被無形的力量拉到上面，消失在天花板上。看來我一直被監視著，這一點，我已經銘記於心。什麼自由，我不過是逃離了一種痛苦的死法，不知道下一種是不是更折磨人。

想到這裡，我開始打量四周，看看環境是否發生了變化，從天花板到地板再到牆壁。起初我沒有看清楚，後來，我發現囚禁著我的鐵壁發生了驚人的變化。新的刑罰開始了，意識到這一點，我再次渾身顫抖，就像做了噩夢一樣，連靈魂也不知去了哪裡。我的意識隨波逐流，不知道會停在哪裡。

然而這期間，我發現了一個事實，牆壁和地面是徹底分開的，讓地牢變得明亮的光線就從它們之間的縫隙照進來的。我趴在地上，死命地向縫隙外望去，希望能看到什麼，不過這都是白費。

我剛剛放棄這樣的舉動，就發現牢房已經變了模樣。牆上那些牛鬼蛇神的怪圖，輪廓依然清晰，不過它們那模糊的色彩，卻變得光彩奪目。那些鬼神像被賦予了生命，從四面八方圍著我，瞪著我。他們的目光肆虐又可怕，閃著火光。我沒辦法說服自己那火焰是假的。呼吸之間，已經有鐵板燒紅的味道傳了過來。整個牢房裡瀰漫著這樣的味道，讓人無法呼吸。那些鬼神的眼睛一閃一閃的，越來越亮，深紅色就像煉獄的火光一樣在那些恐怖的圖畫上蔓延。

我覺得呼吸越來越困難，這就是那些吃人不吐骨頭的傢伙設計的方法，他們要活活烤死我，讓我在烤死和自願跳入陷阱兩者中選擇。為了躲避炙熱和可怕的魔神，我向屋子正中移動。陷坑裡面浮上來的駭人寒氣似乎讓我鎮靜下來，我迫不及待地衝到坑邊，瞪圓眼睛，看向被屋頂發出的光亮照清的陷阱。

我似乎瘋了，我一直拒絕接受的事實，突破了幾道防線，佔領了我的內心，在我所謂的理智上，烙上了不可磨滅的印記。那是怎樣一種可怕，不能用言語形容，不能用事物比喻，恐怕就連地獄，也比這仁慈。我尖叫著逃離了坑邊，悲痛地哭泣。

溫度還在不斷上升，我抬頭觀察，身體卻被從心裡發出的寒氣弄得戰慄不已。地牢又產生了變化，它的形狀變了，和以前的每一次酷刑一樣，我最初無法弄清發生了什麼，不過這一次，我很快就搞懂了，由於我連續兩次逃脫刑罰，宗教法庭決定報復。他們要用最可怕的刑罰，送我入地獄，這次，我在劫難逃。

轉瞬之間，牢房變成了菱形，這變化還在不斷繼續，好像最後將如同一張嘴一樣慢慢地閉合，把我夾在中間。我會死的，我一定會死，這次一點我不指望它停止，甚至期待被這火熱的牆壁烤成碳，變成死屍。只要不是讓我死在那陷阱中，我可以接受那死亡。

白癡，我在心底咒罵自己。傻子都知道這不斷變化的火熱鐵壁就是爲了逼我走進那陷阱，難道我一個血肉之軀能夠經受得住高溫，能夠抵擋得住壓力？菱形越來越扁，越來越扁，變化的速度快到不容許我思考。菱形的正中，那陷阱正張著血盆大口等著我自投羅網。鐵壁一釐米一釐米地逼近我，我退縮著，越來越靠近陷阱的邊緣。

最後，我的身體烤焦了，不由自主地扭動，然而地板上沒有我的立身之處。我絕望地尖叫，聲音不斷在空氣中迴蕩，那嘶吼是爲了給我的靈魂找到一個宣洩的路徑。我感覺到自己在深淵的邊緣岌岌可危，似乎就要跌進去。我閉上眼，再也不忍心去看，也不想去認清這事實。

突然，人聲鼎沸，不知何處傳來了一陣嘹亮的聲音，像是衝鋒號，更像是獲取勝利的號角。我聽到了震如雷鳴的刺耳聲音，那牆壁也忽然恢復了原狀。就在我要跌進那深淵時，一雙手牢牢地拉住了我。那是拉薩爾將軍，宗教法庭終於淪陷了，法國大軍開進了托萊多城。

# 與木乃伊對話

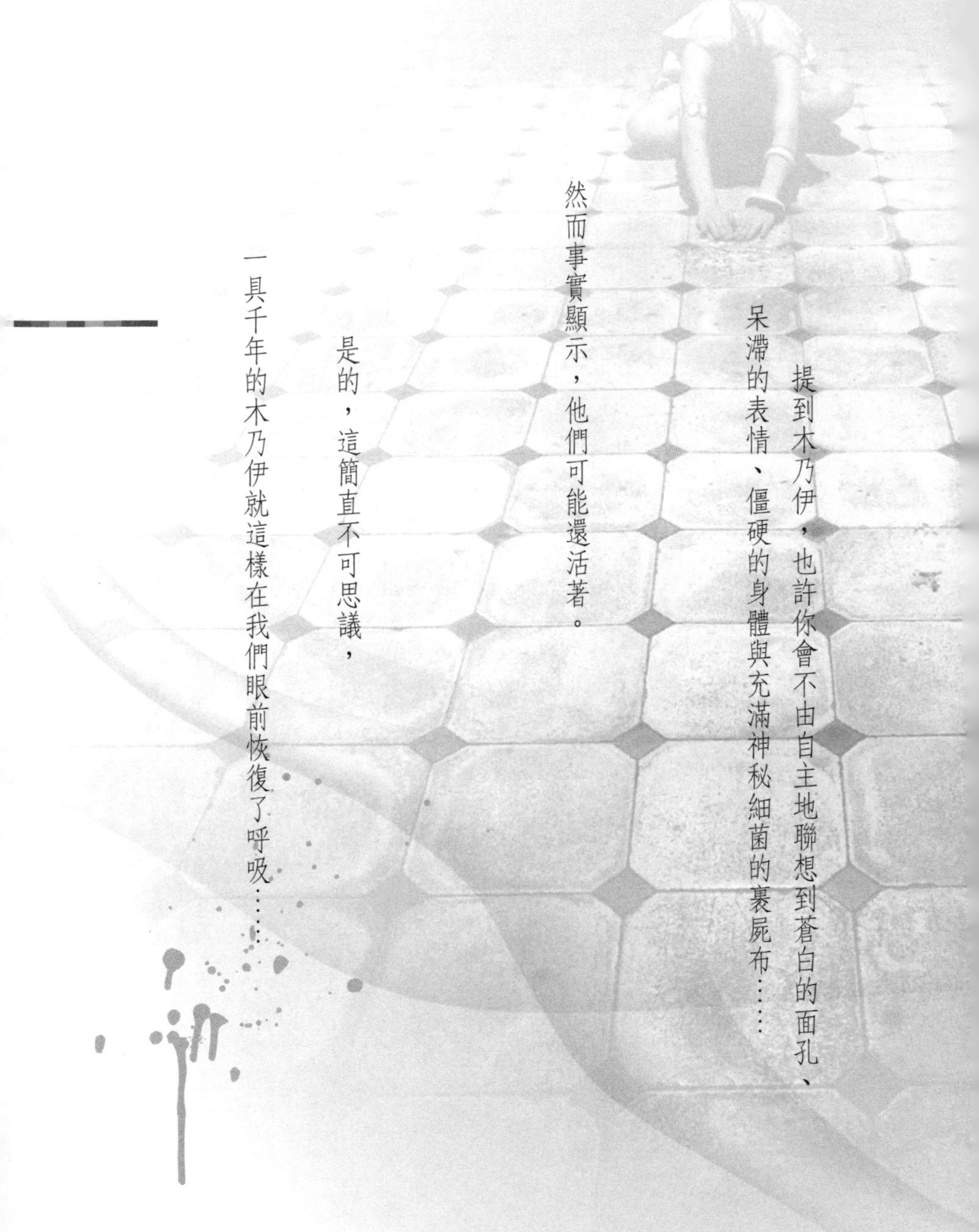

提到木乃伊，也許你會不由自主地聯想到蒼白的面孔、呆滯的表情、僵硬的身體與充滿神秘細菌的裹屍布……

然而事實顯示，他們可能還活著。

是的，這簡直不可思議，

一具千年的木乃伊就這樣在我們眼前恢復了呼吸……

前一晚的討論讓我的精神有些衰弱，因此頭疼不已。今天我在家隨便吃了點東西，就準備休息，不打算出門了。晚餐並不豐盛，不過有我鍾愛的威爾士調味乳酪，雖然它會增加我的卡路里，但我卻毫不顧忌。不過，如果沒有黑啤酒，我建議你乾脆別嘗試威爾士乳酪。

就這樣吃了一頓簡單的晚餐後，我平靜地上床，準備一覺睡到明天中午。可事與願違，就在我剛進入夢鄉之時，傳來了砰砰的敲門聲。一分鐘後，妻子給了我一張旁隆洛醫生的便條，內容如下：

親愛的朋友，請在收到便條後儘快來我家，驚喜在等著你！經過鍥而不捨的努力，我們終於得到了市博物館理事會的首肯，允許我們開棺檢查那具我們期待已久的木乃伊。如果需要，我們甚至可以解開他的纏裹布對其進行解剖。包括你在內只有幾位朋友獲得了邀請，暫定於今晚十一點在我家開棺，請儘快光臨！

你真誠的旁隆洛

我看完便條後欣喜若狂，從床上一躍而起，以驚人的速度收拾好自己，馬上奔向旁隆洛醫生家裡。當我到達時，我發現友人們早已等得不耐煩了，那具木乃伊就放在桌上。我一進屋，對它的研究就立刻開始了。

我們嚮往已久的這具木乃伊是旁隆洛的表哥亞瑟・薩佈雷塔什船長，在幾年前從底比斯古城的利比亞山區，即埃勒斯亞斯附近發現並帶回的，那裡離尼羅河較遠。

當時船長帶回了兩具，這是其中的一具。因爲這兩具木乃伊能爲古埃及民間生活研究提供佐證，所以它們一出現就引起了世人的矚目。據說埋葬這兩具木乃伊的墓室裡還有很多這樣的實證，諸如壁畫、浮雕、精美的工藝品，等等，它們無不顯示出這座墓主人生前的富有和奢華。而眼前這件讓人讚歎的寶貝，一直以來都按照薩佈雷塔什船長發現它時的樣子保存在博物館裡，絲毫未動。換言之，這具棺材到目前爲止都未曾打開過。八年來，公眾到博物館參觀時，也只能遠遠地看一下它的外表而已。

此刻放在我們面前的木乃伊完整無缺，只要有一點研究經驗的人都該爲我們今天的好運羨慕不已。因爲這樣一具未遭洗劫的古代瑰寶能到達我們的海岸，並完整地成爲我們的研究物件是極其難得的。

走近桌子，我看見桌上放置著一個長方形大盒子，或者說是個大箱子。它長約七英尺，寬約三英尺，高約二・五英尺，乍看起來不像棺材。開始，我們以爲這個箱子的質地是埃及榕木，也就是俗稱的白楊，但經過切割，我們發現這只是人造木板而已，更準確地說，它是以紙莎草為原料製成的混凝紙漿板。數之不盡的繪有葬禮的畫面和表現悲哀主題的紋路、圖畫遍佈在棺材上，其間還夾雜有一串象形文字。這些象形文字分佈在不同的方位上，好像是這位死者的姓名。

格裡登先生是這方面研究的專家，慶幸的是他也是我們的朋友。此刻他正在我們當中，因此他輕鬆地為我們翻譯出了這些字元。根據他的翻譯來看，那些發音簡單的字元代表了一個人的名字，叫做阿拉密斯塔科。

為了在不破壞木乃伊的前提下打開這個箱子，我們費了不少力氣。但好不容易打開了這個箱子後，我們發現裡面竟還裝著一個木箱。這第二個木箱一看就是棺材的形狀，尺寸比外面那個箱子要小得多，除此之外竟一模一樣。兩個箱子間有少許縫隙，樹脂填補了這些空隙，但卻在某種意義上毀壞了裡面這個小箱子的色彩。

這次我們很輕鬆地打開了第二個木箱子，同上次一樣，第二個箱子裡果然還嵌有第三個木箱，仍是棺材的形狀，從外表看也與第二個木箱完全相同，只是這個箱子的質地是杉木，並時而散發出那種木料特有的芳香味。不像第一個與第二個木箱間有縫隙，第二和第三個木箱間緊緊相依，完全沒有縫隙，自然也不存在任何填充物。在我們很艱難地打開第三個木箱後，木乃伊終於完整地出現在我們眼前。

我們原以為，這次會像從前打開箱子時看到的那樣，木乃伊被一層又一層亞麻布帶或者繃帶包裹住。但事實是，我們看到的木乃伊只是被一種紙莎草做的纏裹物包裹著，纏裹物外僅塗有一層薄薄的鍍金描畫的熟石膏而已。

石膏上有各種各樣的圖畫，大多表現人們想像中靈魂應盡的各種義務，或是靈魂被引見給諸神的場面。還有一些繪畫則反映了許多完全相同的人物形象，對此我們估計，這很可能就是這具成爲木乃伊的人的畫像。

木乃伊全身還包裹著一塊柱狀或豎狀的木碑，碑上篆刻著很多象形文字。經翻譯發現，這仍是死者的姓名頭銜以及他的親屬的姓名頭銜。除了這些外在的包裹外，該木乃伊的脖子上還纏著一個柱形的玻璃珠項圈。這個色彩斑斕的項圈上的玻璃珠排列順序，正好構成了與展翅的太陽相伴相生的諸神形像，以及聖甲蟲等的化身。這樣的項圈在木乃伊的腰上也有一個，當然這個也許該被稱爲腰圈。

撥開那層纏繞著木乃伊的紙莎草，我們終於看見了這個神秘屍體的真實面目。屍體呈現出紅色，皮膚結實光滑且光彩熠熠，牙齒和頭髮也都完好無損，只是眼睛似乎被人劃去，改用玻璃珠代替。但是五光十色的玻璃珠恰恰使該屍體的眼睛大而有神，且這種神采間略帶著點堅毅，手指和腳趾被鍍上了一層晃眼的金。

整具屍體看起來完好如初，若非已知它沒有生命，我們說不定都會誤認爲他是在靜靜地沉睡呢。

格裡登先生在觀察後認爲，屍體之所以呈現出紅色，瀝青起了很大作用。我們用一個工具輕輕地刮劃屍體表面，上面馬上落下一些粉末。我們將這些粉末投入火中，很快，整個房間裡便充斥著樟腦的刺鼻味道和樹脂的芳香味。我們在屍體上仔細尋找著通向內臟的開口，但卻毫無收穫。

在場的每個人都知道像這般沒有通道的完整木乃伊極其罕見，因爲製作木乃伊的過程就是先從鼻孔中取出腦髓，然後在身體一側切開一個小口將內臟取出，接著剃鬚，將屍體清洗乾淨，用鹽浸泡上幾個星期，最後用那種學名爲「薰存」的材料進行處理並加以整合，最後形成一具完整的木乃伊。但這具屍體卻沒有一點開口，於是旁隆洛醫生決定對其進行解剖，而此時已經是淩晨兩點了。最終大家一致決定將解剖工作推延到明晚再進行。

就在我們決定分手各自離開之時，突然有人提議說，不如我們用電療法對它進行實驗吧。說實在的，爲一具迄今已有三四千年歷史的木乃伊通上電的想法談不上有多高明，不過倒是很新鮮。大家都好奇這個結果，於是決定試一試。懷著一分認真九分玩笑的心理，我們把這具屍體搬進書房，並準備好實驗中要用到的電池組。

首先，我們將屍體上最柔軟的部位——太陽穴那裡的肌肉裸露出來，然後將其通上電，結果與我們想像中一樣，屍體對電流沒有任何反應。爲這難得的戲謔我們相視一笑，自我嘲笑了一番，然後互道晚安打算就此分手。

但是讓我做夢都沒想到的是，在我不經意地一瞥間，我發現原本那個靜止睜大的玻璃眼睛此時竟然被眼皮遮住了，只留下一小部分的白膜還能看見。我大叫起來，大家順著我的目光，也注意到了這個明顯的變化。對於觀察到的這個現象，我當時的反應不能僅僅簡單地用「驚恐」二字來形容，我想如果之前要不是有黑啤酒墊底，我很可能當場就變成精神病患者了。

而周圍的朋友也同樣被嚇得魂飛魄散：旁隆洛醫生是個可憐的傢伙；格裡登先生早已逃得不知所蹤了；至於西爾克・白金漢先生，我相信他也無法對他當時嚇得手腳並用地爬到桌下的行為否認半句。但是片刻之後，我們從驚嚇中恢復過來，決定著手對其進行進一步實驗。這次我們把電極插在了木乃伊右腳大拇指上，很快木乃伊有了反應，他先蜷起了右膝直至接觸到腹部，接著猛一蹬腳，將旁隆洛醫生踢到了窗外的大街上。

旁隆洛醫生很快回來了，我們越發覺得有必要好好研究那具屍體。於是在旁隆洛醫生的建議下，我們在屍體的鼻尖處切開了一道深深的傷口，並將電線接入鼻中。就這次實驗結果而言，不論從生理或是心理，不論從外在或是內在來看，都可謂驚心動魄。

首先，屍體睜開了眼睛，並一連眨動了好幾分鐘；隨後屍體竟像活人一樣打了個噴嚏；接著它坐了起來，又迎面打了醫生一拳。最讓我們驚異的是，屍體竟然用流利的古埃及語言對格裡登和白金漢先生說道：

「先生們，我不得不說，你們對我的所作所爲讓我既驚訝又屈辱。首先旁隆洛先生，在我看來他本身就是個可憐的白癡，我從來不指望他能幹出什麼好事來，因此對他的行爲我能原諒。可是你們，格裡登先生和西爾克先生，你們久居埃及，別人都把你們當成埃及人，可以說我們是同鄉人，尤其是你們那流利得如同母語的埃及語更讓我倍感親切。」

「我從一開始就把你們當成我忠實的朋友，我本以爲你們的行爲一定會像紳士一樣，可是你們對我此刻受到的無禮待遇竟然默不做聲，你們說我該怎麼看待你們？在如此惡劣的天氣裡，你們竟然允許湯姆・迪克和哈裡打開我的棺材，剝除我的衣服，這又該讓我怎麼想呢？最可惡的是，你們竟然教唆並幫助那個可憐的白癡旁隆洛醫生拉扯我的鼻子，我真的不知道對於這些我該怎麼想？」

看故事的人看到這裡，看到我們遇到的這種情況，一定理所當然地認爲我們一定會奪門而出或是失聲大叫，或者直接當場暈倒。

的確，這些情況都有可能發生，如果讓我去想，我也逃不過這三種情況。可事實是，我們這些人中沒有一個人表現出其中的任何一種情況，對此至今我都未能想明白。可是這又有誰能說清呢，也許只能到時代精神（一種不按傳統規律發展的精神，當下被人們公認爲是自相矛盾和不可能事件的唯一解釋）中去找尋答案；又或者是，這具屍體平靜的神態、自然的語言讓當時的氣氛看來不那麼恐怖。但無論是什麼原因，結果就是我們中間沒有一個人表現出驚恐的樣子，至少從表情上來看大家都很平靜，沒有什麼異常。

至於我本人，在我看來一切如常，只是爲了遠離這位古埃及人的拳頭範圍，我稍稍往旁邊挪動了一步；而旁隆洛醫生手插口袋，面色赤紅地盯著木乃伊；格裡登先生豎起衣領，靜靜地摸著他的連鬢鬍子；白金漢醫生則像受了委屈的孩子一般，搖晃著腦袋，啃著自己的右手手指。至於那位埃及人，在打量了我們一圈後，接著說：

「白金漢先生，你怎麼不回應呢？你難道沒有聽見我在問你嗎？請你不要再啃手指頭了！」

白金漢先生聽後身體顫抖了一下，接著把右手手指從自己的嘴裡拿出來，但馬上又把左手手指送進去了。埃及人見白金漢先生毫無反應，馬上轉向了格裡登先生，以命令的口吻要求他給自己一個合理的解釋。格裡登先生用古埃及語作了詳盡而精彩的闡述，如果不是當時美國不能印刷象形文字，我真想把他的話一字不落地記錄下來。

這裡我要說明一下，以下只要是有木乃伊參與的談話用的全是古埃及語，而除了格裡登先生和白金漢先生外，我們對這種語言都一無所知，因此他們就充當了我們的翻譯。據這兩位先生說，這具木乃伊的母語非常流利且動聽，但我得說由於年代的變遷，這位埃及人對於當下的很多詞語還是無法輕鬆地瞭解的。

例如，格裡登先生爲了讓這位埃及人瞭解「政治生活」的內涵，他選擇用炭筆在牆上畫出一個站在講臺上，左腳朝前、右臂朝後、緊握雙拳、仰望天空的紳士的樣子，但這位紳士個子小小、衣冠不整。而白金漢先生爲了詮釋「假髮」這個詞的意思，更是將自己的假髮拿下來，好讓埃及人更清楚地瞭解。不難想像，格裡登先生的這番解釋，一方面包括了研究木乃伊對科學和人類發展帶來的深遠影響；另一方面則是爲我們的行爲對這位名叫阿拉密斯塔科的木乃伊所造成的傷害感到深深的歉意。

話音剛落，格裡登先生就暗示我們可以繼續進行研究了，於是旁隆洛醫生又開始準備他的研究器械。而阿拉密斯塔科對於格裡登先生最後的暗示，似乎表現出了一種難以理解的某種精神上的不安，不過他倒是直接表示他接受了我們的道歉。

於是他從桌上躍下，與我們一一握手言和。握手儀式一結束，我們就投身於修補阿拉密斯塔科身上那些被我們用手術刀造成的傷口，我們縫合了他太陽穴上的創傷，包紮好他的右腳，並用黑膏藥對他的鼻尖進行了修復。

這時我們才發現，因爲天氣寒冷的緣故，阿拉密斯塔科全身微微顫抖著。旁隆洛醫生馬上從他的衣櫃中取來各種樣式的不同外套、背心、手杖等對他進行全面武裝，但是由於身材太過高大，阿拉密斯塔科很辛苦地才把這些衣服穿到身上。不過總算是皇天不負苦心人，阿拉密斯塔科最終被穿戴一新。接著格裡登先生挽著他的胳膊，將他領到壁爐旁坐下，僕人很快送上了雪茄和美酒。大家輕鬆地聊了起來，我們對於阿拉密斯塔科還活著的事實都表現出了強烈的好奇。

白金漢先生首先說道：「我原以為你早就去世了呢。」阿拉密斯塔科吃驚地回答說：「怎麼可能，我只有七百歲多而已，我父親可是活了近一千歲呢，而且他死的時候都是很清醒的。」

阿拉密斯塔科的話引出了我們一連串的追問，結果我們終於瞭解到，以前對這具木乃伊的估算完全錯誤。從他被放入埃勒斯亞斯附近的墓穴至今，已經過去了五千零五十年又幾個月了。

白金漢先生接著又問：「雖然我十分願意承認，你其實還是很年輕的，可是我剛剛的問題與你的年齡並沒有什麼關係。我想知道的是你被瀝青包裹了這麼長的時間——」

「被什麼包裹？」

「被瀝青包裹！」白金漢先生重複了一遍。

「哦，我明白你的意思了。其實在我那個時代裡，我們都用氯化汞。」

旁隆洛醫生繼續提問：「可我不明白的是，既然你五千年前就已經死亡被埋在埃及，怎麼今天又會復活，而且看上去臉色還很紅潤呢？」

「如果我真的已經死亡，那我現在肯定是一具沒有反應的僵屍，因爲你們剛剛用到的電流療法實在太低級了。在我們那個時代，這連最基本的事情都完成不了。總之，事實是我並沒有死，只是陷入了深度昏迷，可我的好朋友以爲我已死去，於是就把我蕙存起來了。你們應該知道『蕙存』的原理吧？」

「聽說過，但不完全瞭解。」

「你們真是太愚昧了！現在我也不能和你們詳細解釋，不過我可以告訴你們。在埃及，嚴格地說，蕙存就是讓肉體功能無限期中止，當然這個『肉體』不僅包括生理，也包括精神。因此我必須再強調一下，所謂蕙存最主要的就是讓肉體功能立即停止，並保持無限期的中止。再簡單一點說，就是指被蕙存者在蕙存前處於什麼狀態，就會一直保持同樣的狀態。而我因爲幸運地擁有聖甲蟲的血緣，因此我能活到今天，也就是你們現在看到的樣子。」

「聖甲蟲的血緣！」旁隆洛醫生失聲喊道。

「是的。聖甲蟲是一個顯赫而人丁稀薄的世襲貴族家的標誌，所謂『聖甲蟲血緣』就是指那個家族中的一員。」

「可這與你至今活著有什麼聯繫呢？」

「這是因爲按照埃及的習俗，屍體被薰存之前必須被掏去內臟和腦髓，但是聖甲蟲家族可以不遵從這個習俗，因此我可以避免遭受去除內臟和腦髓的命運。試想，如果沒有這兩樣東西，我估計我也活不到現在了。」

「這下我明白了，」白金漢先生說，「而且我想我們得到的那些完整的木乃伊一定都屬於聖甲蟲家族。」

「這毋庸置疑。」

「我想，」格裡登先生溫和地說，「聖甲蟲一定是埃及諸神之一。」

「什麼之一？」阿拉密斯塔科忽然站起驚聲問道。

「諸神！」格裡登先生重複了一遍。

「格裡登先生，聽你這麼說我真感到羞愧。在這個世界裡沒有哪個民族敢說自己不是只有一個神的，但聖甲蟲和靈鳥對於我們而言只是一種通靈符號而已，正如其他的生物對於其他民族的意義一樣，我們只是希望通過它們表現出我們對於那唯一的創造者的崇敬。因爲這位創造者太偉大了，我們無法直接向他表示崇拜之情。」阿拉斯密塔科說。

一時間大家都安靜了下來，最後還是旁隆洛醫生首先打破了沉默，「根據你的解釋，在尼羅河畔的那些墓穴裡很有可能還存活著聖甲蟲家族其他的木乃伊。」

「這一點毫無疑問，」阿拉密斯塔科回答，「所有被蕙存前是活著的聖甲蟲家族成員，現在一定也還是活著的。當然有些故意被蕙存的人也很有可能因爲解存者的忽略，至今仍躺在墓穴中。」

我馬上問道：「你能解釋一下什麼叫『故意被蕙存』嗎？」

「榮幸之至，」木乃伊從容地打量我一番後，回答了我這個第一次提問的人，「在我那個時代，我們的平均壽命是八百歲左右，若無意外發生，基本沒人會在六百歲之前死去，當然也有人能活到一千歲以上，正如我的父親，不過大部分人都在八百歲左右。」

「結合我剛剛跟你們說到的蕙存原理，我們那裡的人基本用分期生活的方式來過完自己的一生，因爲這對科學和歷史來說都大有益處。」

「我舉個例子，比如一位歷史學家，他已經五百歲了，他嘔心瀝血地寫成了一本書，然後他請別人把他蕙存起來，之後給他的解存人留下指示，比如五百或六百年後再將他解存。等到他復活後，他就會發現他的巨著早已變成其他人肆意爭論的物件，同時他也可能發現，那些所謂的註解者其實是在曲解他的原意，以至於他自己都開始懷疑自己的著述了。此時，他就會根據自己的經驗和知識，著手改變當代人對他的誤解和扭曲。而也正因為有這樣不同時期的哲學家、歷史學家，我們的歷史才不至於被篡改得面目全非。」

這時旁隆洛醫生起身拍了拍埃及人的手臂，說：「對不起，我可以打斷你一下嗎？我有一個問題想請教你，你剛才說那位歷史學家親自糾正關於他那個時代的傳說。我想問的是，按平均數來看，這些神秘經正確的部分一般能占到多大比例呢？」

「神秘經，這個詞用得好！不過就過去的情況來看，正確率幾乎為零，也就是說幾乎是大錯特錯。」

醫生繼續問：「可是，既然你已經在墓穴中待了五千多年，那我可以說你那個時代的歷史至少在人們普遍感興趣的問題上，現代人應該是有足夠認識的，至少有和你知道的一樣的部分啊。畢竟這個世界的創造僅是在你那個時代一千年前開始的。」

阿拉密斯塔科沒有聽懂醫生的問題，在大家的解釋和不斷地複述中，阿拉密斯塔科才大致明白了問題，接著他吞吞吐吐地說道：

「我得說，你的這些概念對我而言都太新了。在我那個時代，我們都沒有這樣的想法，比如我們從不認為宇宙有個開端。我還記得曾經有且只有一次，一位智者暗示過我們有關人類起源的事情，而當時他也提到了你們剛剛說的『亞當』這個名詞。但是智者當時應該說是從廣義上使用的這個詞，正如幾大群人類的自然發展和幾個不同區域的自然發展一樣。」

大家都有些不屑地聳了聳肩，西爾克・白金漢先生在輕蔑地看了阿拉密斯塔科的後腦勺一眼後，發表評論說：「你們那個時代的壽命長度，和你們那分期生存的生活方法，我相信這些肯定都有利於知識的擴展，因此我敢說與我們現代人相比，尤其是與新英格蘭人相比，你們是相當有智慧的。但是你們所有科學項目方面都不是很發達，我想這只能歸因於你們的頭蓋骨太大了。」

「我不得不說，」阿拉密斯塔科謙遜地說，「我對你剛剛說的『科學專案』並不是很懂，它指的是什麼？」

於是我們又發揮全部知識，爲他解釋各種諸如骨相學之假定和動物磁性說等科學內容。而在聽完我們的介紹後，阿拉密斯塔科也給我們說了一些鮮爲人知的逸事。隨後我問阿拉密斯塔科，在他那個時代能否計算出日食和月食。他驕傲地回答說：「當然能！」接著我們又交流了一些有關天文學方面的知識，這時一直不曾開口的朋友對我耳語道：「你最好去看看托勒密的書，和普盧塔赫的月相說。」

而在我與木乃伊談到凸透鏡和凹透鏡的製造時，我那位寡言的朋友又請我看看狄奧多・賽古盧斯的書，至於阿拉密斯塔科，則只是以問代答，甚至反問我們現代人是否擁有能雕刻出像埃及風格的貝雕那樣的顯微鏡。就在我思考答案之時，旁隆洛醫生突然丟臉地嚷道：

「請看看我們的建築！紐約的鮑林格林噴泉！華盛頓的國會大廈！」

接著醫生又詳細談到這些建築的宏偉，像是國會大廈光是門廊就有四十二根直徑五英尺、間距十英尺的圓柱。阿拉密斯塔科遺憾地說自己已經不記得那些建於史前時代的建築的精確尺寸了，只記得在他進入墓穴前，那些建築的廢墟依然挺立在底比斯城西面寬闊的沙土平原上。

不過說到門廊，他倒是提到一個叫卡納克的地方有一座小小的神殿，該神殿的門廊由一四四根周長三七英尺、間距二五英尺的圓柱構成，估計裡面塞進兩三百座國會大廈也不是不可能的，而這在他們那裡還只是一個非常微不足道的建築。但是阿拉密斯塔科仍然被迫承認我們的鮑林格林噴泉還是很有特色、很精巧的，就是在埃及或者世界上其他地方這樣的建築也不多見。

這時我又請阿拉密斯塔科談談對我們的鐵路的看法，他對我們的鐵路大加批判，指責它們不結實，設計不合理，結構粗糙，等等，總之與古埃及不可同日而語。接著我們對於機械動力、鋼、民主、蒸汽等都進行了一番討論。

就在我們越發暴露出自己的淺薄之時，旁隆洛醫生替我們解了圍，他質問阿拉密斯塔科：「古埃及人是否妄想在所有重要的領域，甚至服裝上都與我們現代人一較長短？」阿拉密斯塔科聽後，看了看自己的衣服，無言以對，於是我們又恢復了元氣，感到從未有過的舒暢，不久我們禮貌性地朝他點點頭，告辭離開了。

回到家時已經是淩晨四點多了，我馬上上床睡覺。三個小時後我起床記下了這件事，我感到我的家、我的妻子、我生活的十九世紀，都讓我厭煩不已，我確信這個世界出了問題。同時我也急切地想知道二零四五年誰會當美國總統，因此我刮完鬍子，喝完咖啡就去找旁隆洛醫生，期望他能把我製成木乃伊「蕙存」二百年。

# MEETING
## 清晨遇見愛倫坡
## ALLAN POE AT DAWN

# — 活葬 —

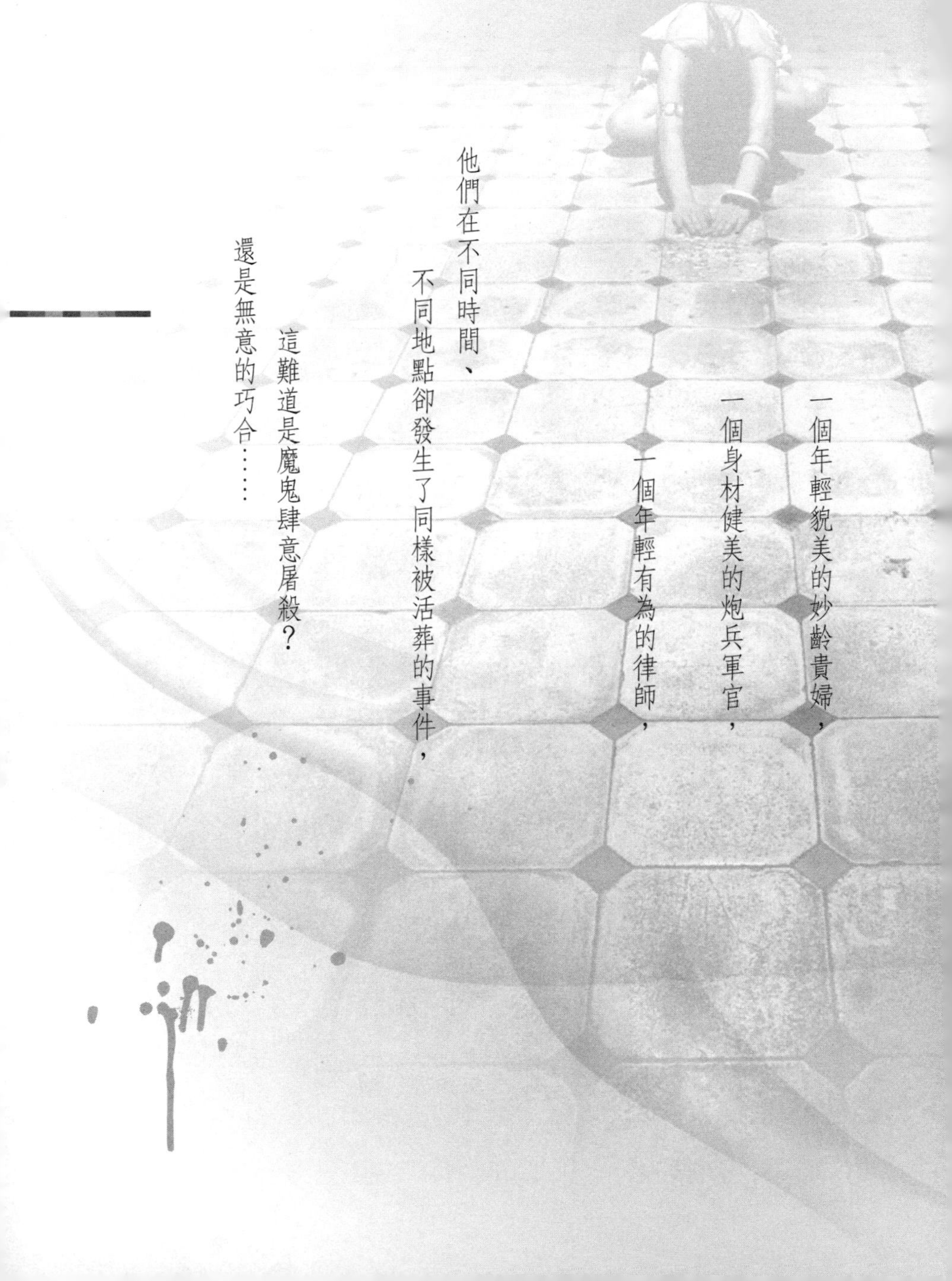

一個年輕貌美的妙齡貴婦，

一個身材健美的炮兵軍官，

一個年輕有為的律師，

他們在不同時間、

不同地點卻發生了同樣被活葬的事件，

這難道是魔鬼肆意屠殺？

還是無意的巧合……

我們應當感謝上帝，真正意義上悲慘至極的災難還是不多的，因爲它們只能由個人承擔，所以顯得格外獨特而罕見。毋庸置疑，在這些災難中，被人活葬應該算是最恐怖的一種了。活葬人的事情自古就有，它讓人在生死間遊走，讓人不禁質疑生命的緣起緣滅。

我們都知道，有的疾病會使人的生理功能失效，但這樣的失效只是暫停罷了，是一種不可知的生命機制的暫停，也許一段時間之後，這樣的暫停又會重新被啓動，可是這之間，靈魂該置於何地呢？

暫且先撇開這些理論不談，我們也應該能想像到活葬事件就是一種生命的暫停，而醫學和生活中都不乏這樣的事例，隨便舉出千百個應該是不難的。就在不久前，巴爾的摩市就發生了這樣一起大災難，也許很多人對此印象深刻。

一天，一位出色的律師兼國會議員的妻子突然患上了奇怪的疾病，醫生對此無計可施，在病魔的折磨下她靜靜地死去了。她死時臉部凹陷，嘴唇蒼白，眼神無光，脈搏停止，完全是一副死亡的狀態。屍體在停放三天後匆忙下葬了，這個過程中沒有人表示出絲毫的懷疑。這位傑出人士的妻子的屍體在家族的墓穴中停放了三年從未打開。

三年期滿後，因爲要在墓穴中放入一口石棺，這位女士的墓穴被丈夫親自打開了。墓門旋轉著朝外敞開，一個白花花的物體逕自倒進他的懷裡，他定睛一看，竟然是他妻子的骷髏。後來經過仔細檢查，人們發現她竟然在放入墓穴的兩天後奇跡般地復活了。她睜開眼睛後，在棺材內拼命地掙扎，棺材就從架子上翻倒在地，破碎不堪，她也因此得以離開棺材。而原本一盞燈油充足的燈此刻已被蒸發乾涸了，墓穴的最高一級臺階上，留下了她因為企圖吸引人們注意而用來不斷敲打鐵門的棺材碎片。根據她雖腐朽但直立的屍體來看，也許就在她敲打之時發生了讓她極度恐懼的事情。

而這樣活葬的事件在一八一零年的法國也發生過一起，那次事件發生在一位名叫維科特茜娜·拉弗加德的年輕小姐身上。維科特茜娜·拉弗加德出身名門，極為富有，年輕美麗，追求者眾多。在這無數的追求者中，茜娜鍾情於一位名為朱利安·博希埃的巴黎窮文人，或者說是窮記者。

茜娜被朱利安的才華和友善深深吸引，在眾人都以為茜娜必定將愛的橄欖枝拋向這位幸運的記者之時，因為天性的傲慢，茜娜拒絕了他的愛意，嫁給了當時一位出色的銀行家和外交家赫奈萊先生，兩人的結合名噪一時。

但是婚後不久，這位紳士就對茜娜失去了興趣，他不僅忽視茜娜的存在，甚至有時會動手虐打她。在這樣不幸的生活中，茜娜很快香消玉殞——至少她的狀態已成死亡之相，周圍的人自然地認為她已經去世了。

不久，她的屍體被放入一個極其普通的墳墓裡，葬在了她出生的村子中。而那位深愛著茜娜的貧窮記者聽聞她的逝去悲痛欲絕，一直以來他都從未放棄對茜娜的愛。當他的求愛被拒絕後，他曾想就這樣遙遠地陪伴她、祝福她一生就好，可是此時知道自己所愛的人原來已經不在這個世界上了，他馬上跋山涉水地從巴黎來到了茜娜下葬的那個偏僻的村子。

在來前，他給自己許下了一個美好的願望，希望能把心愛之人的屍體從陰暗的墳墓中挖掘出來，剪下她的一綹秀髮並永遠地留在自己身邊，以示懷念。可是當他艱難地來到心上人的墓地，並在午夜時分打開她的墓穴時，驚人的一幕發生了。茜娜的眼睛竟然緩緩地睜開了，原來她並沒有死去，只是被人活葬了。這位窮記者激動地撫摸著愛人的頭，將她從沉睡中喚醒。

他發瘋似的將茜娜抱回自己在村子裡的住處，憑藉著自己豐富的醫學常識，每天給茜娜補充大量的營養。終於，在記者的細心照顧下，茜娜「復活」了，並一眼認出了這個挽救自己生命的年輕人。之後，他們相依相伴，茜娜慢慢恢復了往昔的紅潤和美麗。此時她也終於瞭解到自己丈夫的可怕，他竟然在自己昏迷之際，迷惑眾人，將自己活葬了。

茜娜在恢復健康後本打算找自己的丈夫理論，但是朱利安的愛讓她明白，愛能包容一切。在這個世上真愛才是最值得珍惜的東西，因此，茜娜放下了仇恨，與朱利安遠走美國，開始了他們幸福的愛情之旅，而茜娜「復活」的事情也無人知曉。歲月如梭，這對經歷磨難的愛人在愛的世界裡幸福地生活著，但是對故土的思念讓二人從未放棄回國的願望。

二十年後，在確定歲月改變了容顏，不會再有人認出茜娜的時候，兩人重返法國。但世事難料，就在剛踏上法國的土地之時，他們竟與赫奈萊先生狹路相逢。赫奈萊先生立刻就認出了自己的妻子，並要求她回到自己身邊，但是此時的茜娜已經認清了丈夫的真面目，她果斷地拒絕了這個要求。

兩人對簿公堂，法庭認爲他們情況特殊，分開時間太久，不論從情理抑或法律來說，赫奈萊的丈夫特權都已經不復存在了，因此法庭最終駁回了赫奈萊的請求，茜娜終於可以堂堂正正地和自己的愛人結合了。愛情最終戰勝了一切，茜娜和朱利安贏得了真愛，贏得了幸福！這次的活葬事件並沒有葬送一條年輕的生命，反而成就了一段愛情佳話，確實讓人感歎，但是這樣幸運的活葬畢竟很罕見。

當時美國萊比錫有一份既權威又有很高研究價值的期刊叫《外科雜誌》，在這份刊物的最新一期上，就記錄了一件極其悲慘的活葬事件。

故事的主人公是一位身材高大、體格健美的炮兵軍官。在一次訓練中，他被一匹彪悍頑劣的馬匹重重地摔倒在地上，頭部受到重擊，傷勢嚴重，當場就不省人事了。後來軍官被人送至醫院，醫生檢查說顱骨骨折，情況不嚴重，沒有直接危險，但仍需進行一場開顱手術。

開顱手術順利完成後，軍官卻陷入了昏迷。隨著他清醒的時間越來越短，周圍人和醫生都判定他已死亡。

很快，在一個晴朗的週四午後，人們將軍官倉促地葬於公墓。每到星期六，公墓內都會聚集大批遊人，這週六當然也不例外。大約正午時分，一位偶然坐在軍官墳頭的農民突然感到地下有劇烈的震動聲，他馬上對同伴說：「地下有人！」

他的話引起了一陣騷動，起先人們只是微微一笑，認爲他在自我妄想，可是隨著農民越加堅定地重複，人們不免有了一絲懷疑，於是有人提議打開墓穴，大家紛紛跑去取鏟子。此處的墳墓原本就挖得不深，何況此時人多幹活快，沒幾分鐘，墳墓就被遊人挖開了。一個腦袋首先頂了出來，遊人被嚇得四處亂竄，但是慢慢的，人們又聚攏到這座墓穴前，看著那個本被判定死去的屍體一點一點地坐起來，整個人暴露在陽光下，有些恍惚，有些木然，隨後又暈了過去。遊人恢復鎮定後立刻將軍官送到了最近的一家醫院。

經檢查，醫生證實他還活著，只不過陷入了窒息狀態而已。在醫生的救助下，幾小時後，他蘇醒了，認出了很多熟人的面孔，也斷斷續續地說出自己在墳墓中不斷掙扎的情形和與黑暗鬥爭的痛苦。

從他的講述中，人們清楚地瞭解到，在他葬入墓穴後的一個多小時內他還是有意識的，之後因爲呼吸不暢才慢慢陷入昏迷。但是因爲這個墳墓離地面很近，又是倉促下葬，泥土比較鬆軟，能夠透氣，因此，他才能在墓穴中活下來。

因爲在墳墓中他能清楚地聽到地面的情況，因此每當有人經過時，他都會在地下拼命掙扎，力求有人聽到地下的聲音，但是一直以來都沒有回應。就在他絕望之時，他又一次聽到地面上雜亂的腳步聲，他能感到這次周圍有很多人，而且離自己所在的位置非常近。他不想就此莫名死亡，不想錯過這次能拯救自己的機會，因此他拼盡全力在墳墓中用頭撞棺材頂。終於他的努力沒有白費，他脫離了死亡，獲得了新生。

但此時讀故事的你切不可過早開心，據記載，這位大難不死的軍官在被送往醫院後，情況慢慢好轉，看似有望恢復之時，卻被一群庸醫愚蠢地使用了電流療法。在一次電擊之時，意外發生了，軍官突然再次陷入了昏迷，並就此斷氣，真的死去了。

他成了庸醫進行醫學實驗的犧牲品，讓我們不禁感慨庸醫害人。若不是第一次庸醫輕率地斷定他死亡，他也不用被活葬；要不是後來庸醫胡亂診治，他也不會真的死亡。但是逝者不可追，這位年輕的軍官最終死在了手術臺上，成爲一場讓人扼腕的醫療悲劇的主人公。

不過說到這裡，你切忌將害死軍官的罪名推給這種所謂的電流療法，它絕對不是隨意施行的，甚至還曾創造過生命的奇跡，使一位被埋葬了兩天的年輕律師復活，那曾是一八三一年最爲人津津樂道的事情。

這位律師名叫愛德華・斯特普雷頓，他因斑疹傷寒引發的發燒而呈現出一些令人疑惑的異常症狀，但終因外部生理特徵的停滯而被認定爲死亡。曾經有醫生對其症狀提出過懷疑，希望能准許開棺驗屍，但這一請求被愛德華的朋友以死者不應被打擾爲由拒絕了。

按照以往的慣例，在驗屍請求被拒絕後，醫務人員決定和盜屍集團合作，在屍體下葬後，秘密地將其挖掘出來，然後進行解剖化驗。在當時的倫敦，盜屍集團數不勝數，醫院方面很快與其中一個集團商定好相關事宜。

葬禮後的第三天，這具被醫生質疑的屍體就被秘密地挖掘出來，送到了一家私人醫院。醫生一見到屍體，馬上決定在其腹部切開一道傷口，看看死者的皮膚組織情況，可是當死者腹部被切開後，卻沒有看見其皮肉有絲毫的腐爛現象，此時醫生想到了電流療法。醫生們將屍體通上電，用電不斷擊打屍體，但是多次電擊後屍體除了極少次出現了一定程度的痙攣外，沒有絲毫的改變和移動，醫生們不禁開始懷疑也許這真的是具死屍。

很快，夜色暗沉，日出將至，醫生們在毫無對策之下決定對其開膛解剖，可是此時醫學院的一位學生仍不死心，他仍企圖通過電擊的方法驗證自己的理論，決定在死者的一塊胸肌上通上電。

學生在死者胸肌上粗粗劃了一刀後，立即接上電線，這一次死者劇烈地動了起來，而並非像前幾次那樣只是痙攣。他從桌子上一躍而起，晃晃悠悠地走到房屋中間，在不安地打量一番後，他竟然奇跡般地開口說話了。雖然他說的話含糊不清，但是在場所有人都清楚地看見他的嘴動了，吐出了音節清晰的幾個字句，大家都被驚得目瞪口呆。

此時，病人結束了難懂的說話，癱倒在地，大家在互相張望後漸漸恢復了平靜。他們終於證實愛德華先生還活著，只是又一次陷入了昏迷而已。醫生們對他使用了乙醚，愛德華慢慢睜開了眼睛，恢復了意識，並在極短的時間內恢復了健康。不過此時他尚未將自己已復活的消息告訴朋友們，直到確定自己的病情不會再復發，徹底恢復爲正常人後，朋友們才獲悉他死而復生。可想而知，這又引起了多大的騷動。不過朋友們在吃驚之餘，還是爲愛德華的復活欣喜不已。然而，這件事最聳人聽聞之處，並不在於愛德華先生的復活而在於他的自述。

他恢復健康後宣稱，在他昏迷的全過程中，他的意識都是清醒的，雖然他一直感到恍惚，但是對於身邊發生的一切，從發燒住院，到醫生判定他死亡再到電流通電，全部的過程他都清醒地知道，只是他一直睜不開眼，出不了聲。他一直都知道，自己活著，而這句話就是愛德華先生在解剖室醒來時嘴裡念叨的那句無人理解的話。

諸如這樣死而復生的故事還有很多，在這裡我就不再贅述了。但由此可見，在我們的生活中這樣活葬的事情確實經常存在，而且這樣的事情總讓人感到害怕，因爲活葬使得靈與肉的不幸達到了臨界點。

被活葬的人總能感到肺部受重壓，泥土潮濕不堪，裹屍布和棺材都在不斷地逼向自己，此時若想到我們的家人和朋友在懷念著我們，若他們知道我們還未死，一定會想盡一切辦法來拯救我們。可問題是他們不知道我們還活著，我們只能絕望地等待死亡，這才是真正的死亡。

我真不知道在這個世上，還有什麼比這更讓人痛苦，因爲我們永遠不能知道地獄是什麼樣的，而在已知的事物中大概沒有什麼能趕上活葬一半的恐怖了。我們不得不說，每每提及活葬這樣的事情，我們除了驚悚之外，總會不由自主地感到好奇。鑒於這種事情的可信度仍有待考慮，所以現在我決定來講講自己親身經歷的事情。

最近幾年以來，我一直被一種稱之爲強制性昏厥的疾病折磨著，這種病的病因連醫學界都不能清楚地闡釋，但是其症狀非常清楚，那就是病人會經常性地陷入昏迷。

而在昏迷期間，病人沒有絲毫知覺，可是有微弱的心跳，紅潤的臉色。昏迷持續時間不定，有時幾個星期，有時幾個月，乍看之下與死亡並沒有實質性的差別。因此只能靠知道你患有強制性昏厥病症的朋友或者根據你尚未腐爛的身體來推斷你是否還活著，否則估計你也難逃被活葬的命運。不過幸運的是，這種疾病是漸進式的，隨著發病次數的增加，才會表現出越發明顯的死亡徵兆。如果有人第一次發病就極其嚴重，那麼他被活葬的機率就會大大增加了。

而我本人也會經常性陷入半昏厥的狀態，那期間我沒有任何疼痛感，沒有思想，可是我能意識到我身邊人的存在，然後慢慢等著清醒，直至完全恢復正常，下一次發病又重複這樣的昏迷直至清醒。

我得感謝上帝，除了這種間歇性的昏迷之外，我基本還算健康。這種病症似乎沒有對我的身體造成太大的影響，但對我的精神卻有著難以言喻的創傷，以至於我總會不由自主地想到死亡、墳墓和墓誌銘等。

白天，我因爲過度思考而痛苦萬分，到了夜晚，被黑暗包圍的我更是感到瑟瑟發抖，總怕自己一睡就不再醒來，因此幾乎每晚我都要掙扎著才能睡去。而在夢中，我常常感到自己被活葬，無數的意象充斥著我的夢，把我壓得喘不過氣來。這裡我挑選一個場景給大家稍微說說吧。

當我感到自己陷入長久的昏厥之時，突然一隻冰冷的手摸著我的額頭，一個聲音在我耳邊說：「快起來！」我瞬間驚醒，周圍一片漆黑。突然那個聲音再次出現：

「你怎麼還不起來？你難道沒聽見我說話嗎？」

「你是誰？」我問道。

「我是鬼，怎麼會有名字？我曾經冷酷無情，但現在我是仁慈的。我願意帶你去看看外面的世界，起來，快跟我出去看看吧。」

我抬眼望去，周圍一片寂靜，每一座墳墓下都棲息著一個靈魂，但其中真正的安息者少之又少。

「你難道不覺得這很可憐嗎？」

在我還沒組織好語言回答時，我醒了，我的神經變得愈發衰弱。除了知道我病情的朋友之外，我幾乎不敢和任何人出去，我怕自己某天突然昏迷，而周圍人又不知道我有強制性昏厥症，就將我活葬了，甚至有時我對自己最親密的朋友都開始懷疑。我怕他們會聽信別人的勸告，在我長久昏迷時將我下葬。我竟然害怕，他們會因爲我給他們帶來的麻煩，而渴望將我拋棄，即使他們一再向我保證，我仍然無法消除自己的疑慮。我強求他們發毒誓，除非我身體腐爛，否則絕不將我埋葬。

但即便如此，我的恐懼仍未減輕絲毫，一切的道理和安慰我都置若罔聞，我開始精心地設置預防措施。其中一條就是我改造了家裡的墓穴，確保可以從裡面毫不費勁地打開。可是人有旦夕禍福，誰能料到會不會有意外發生呢。我的新生來了，我發現自己從無意識中走出，又進入一種新的存在意識中，一種不安和痛苦糾纏著我，我開始在清醒和虛無中游走。

我不敢再相信自己的命運，又一次陷入黑暗之中。我拼命地尖叫起來，但是感覺自己全身都被禁錮住了，正如人們對死者所做的那樣。全身被壓迫著，我完全不能活動，於是我傾盡全力舉起了胳膊，撞上了一個硬物，我終於知道我還是不可避免地睡進了棺材中。此時我想到了自己做的預防措施，我不斷推動著棺材，可是它紋絲未動。我感到絕望，恐怕我昏迷的時候不在家中，我現在置身於陌生人中間，我被他們像埋狗一樣埋掉了。但是我不想放棄，我仍努力地叫喊，一聲哀號劃破了地下的長夜。

「你怎麼了，叫得這麼淒慘？」第一個說。「你到底怎麼了？」第二個說。「別再叫了，吵死了！」第三個說。「你叫得跟貓似的，發生什麼了？」第四個說。接著我被喚醒了，徹底恢復了記憶。

這樁奇遇發生在弗吉尼亞州的里士滿附近，我和一個朋友去打獵，可是路上遇到了暴風雨，我們充分利用船艙來保護自己。而之前我說的情形都是我在船艙中的夢，我被船上的船員喚醒，但我感到自己所遭受的痛苦與真正的活葬並沒有什麼本質的區別。我感到了一種超乎想像的恐懼，不過禍福相依，這種徹骨的痛苦也使我的心靈不知不覺地清醒了，我的精神開始奏起了和諧的曲調，我開始了全新的生活。

我出國了，活力四射地到處鍛練，充分呼吸著清新自由的空氣；我遺忘了自己的病痛，開始思考死亡以外的東西；我不再讀有關墳墓的故事和文章，開始像正常人一樣生活。在那個值得紀念的晚上，我永遠地離開了地獄，離開了那些陰冷恐怖的意象，而此時我的強制性昏厥竟然也奇跡般地消失了。

這時，我開始思考，也許我的病完全是心理上的，是因爲我對死亡的過度探尋，對恐怖意象的過度想像而產生的。

有時候，我們不要把墳墓式的東西都看得那麼恐怖，看成古怪的想像——但是，像那些追隨著阿弗拉斯布在奧克蘇斯河航行的魔鬼，你們也必須沉睡了，否則我們會被你們吞噬，被你們毀滅。

# ─ 黎明之約 ─

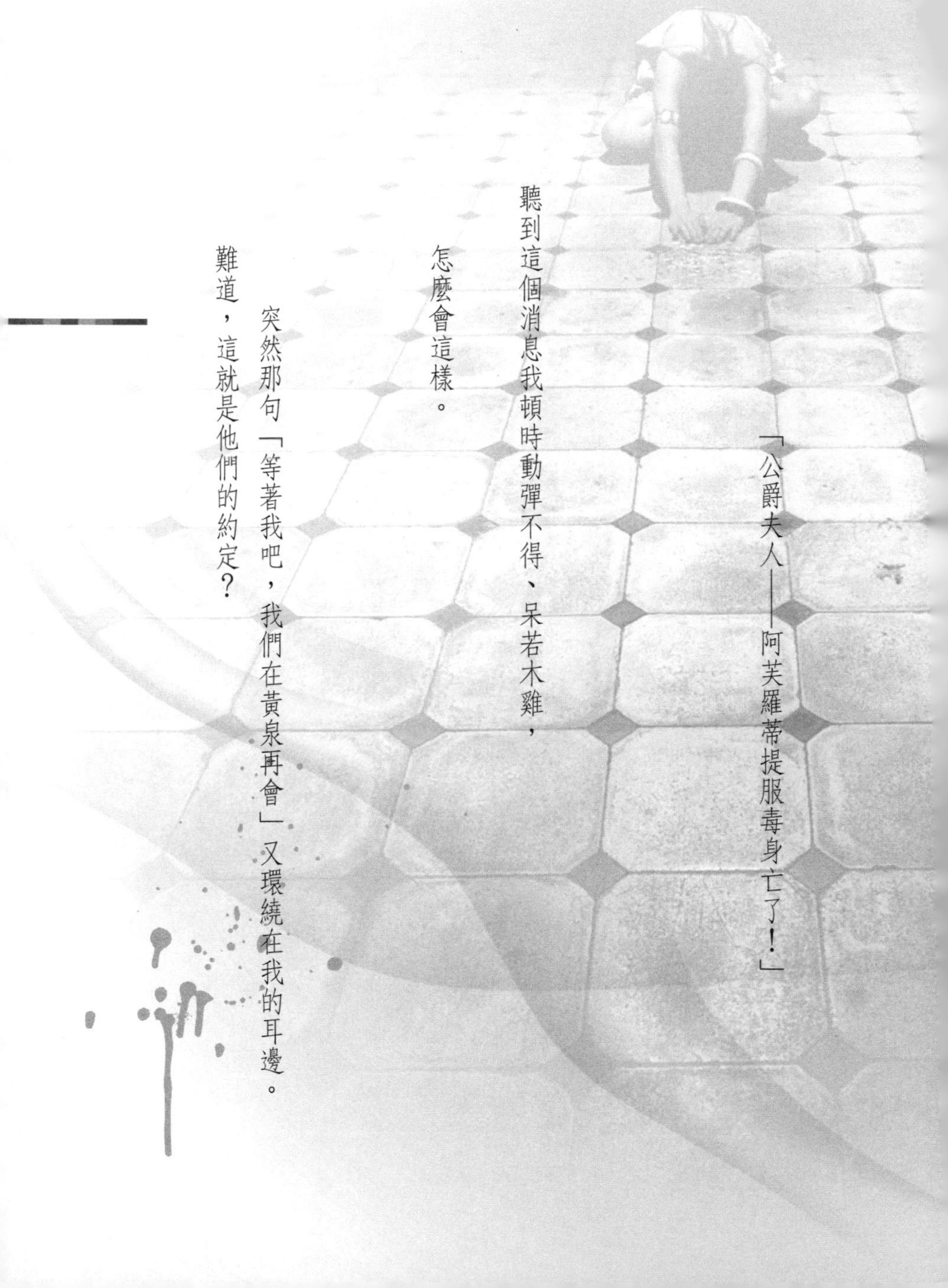

「公爵夫人——阿芙羅蒂提服毒身亡了！」

聽到這個消息我頓時動彈不得、呆若木雞，

怎麼會這樣。

突然那句「等著我吧，我們在黃泉再會」又環繞在我的耳邊。

難道，這就是他們的約定？

那是一個極其陰沉的夜晚，廣場上空空蕩蕩，肅靜一片，公爵府的燈火也在遠方慢慢熄滅，我正乘船順著大運河從畢亞契達回家。突然，一個女子歇斯底里的瘋狂叫喊聲，瞬間打破了黑夜的寧靜。我吃了一驚，不由得猛地站了起來。小船隨波而下，忽然間，公爵府的窗口和樓梯上出現了無數支火把，一時間整個公爵府燈火通明，將沉沉黑夜照成了朗朗白晝。

究竟發生了什麼呢？原來在這幢高聳的建築某層樓的窗戶處，有個孩子剛剛掉進了運河中，瞬間就被河水吞沒了。

儘管附近只有我們這一條船，但早有無數壯漢跳入了水中，他們努力在水面上尋找那個剛剛落水的孩子，但結果都是徒勞，此時孩子應該早已墜入水底了。在公爵府的大門口，地面用黑色大理石鋪成，就在這個離河水水面幾級臺階之處，立著一個讓人難以忘記的女人。她就是溫杜尼侯爵年輕的妻子阿芙羅蒂提，也是剛剛落入水中的孩子的母親。

此時孩子早已沉入了陰冷的水底，也許他正在痛苦地呼喚著母親那溫柔的愛撫，正試圖用盡全部力量向她靠近。而她孤零零地站在那裡，那雙潔白的赤足在光潔的大理石地面上顯得熠熠閃光。她那頭為舞會精心裝扮的頭髮，此刻早已鬆散不堪，但滿綴著鑽石的髮捲仍顯示出她剛離開舞會不久。

此刻她那對晶瑩透亮的大眼睛並沒有注視著這個吞沒她希望的河流，反而目不轉睛地瞧著截然相反的方向。

根據她的視線，我想她正在看著的是古老威尼斯共和國的監獄。我承認這是個有著輝煌魅力的建築，但在自己的孩子也許將溺死在自己眼前之際，這位美麗的貴婦怎麼還能有閒情去注視那冰冷的監獄呢？那邊監獄的牆壁正張著大口對著她臥室的視窗，在它的陰影之中，在它靜止的構造之中，在它青藤環繞的樑柱之上，究竟還有什麼值得侯爵夫人在千百次觀望後仍倍感興趣呢？

在侯爵夫人身後，長長的臺階之上站著的是衣冠楚楚、狀似門神的溫杜尼侯爵本人。他一邊不時對搶救工作指指點點，一邊無聊地撥弄一下吉他。

此時我心中極爲驚恐，以至於我在聽到第一聲尖叫時就站起的身子遲遲無法坐下去。我想在當時那群激動的人的眼中，我一定像個幽靈一樣。河面上一切的努力都顯得徒勞無功，早先出力的人們也已經無奈地停止了搜索，看來孩子獲救的希望很渺茫。

就在此時，那個暗沉的古共和國監獄裡卻走出一個被斗篷包裹著的人，他在岸邊稍做打量後就一頭栽進了運河。

不一會兒，他就抱著孩子爬上了岸，站在侯爵夫人身邊，孩子仍然活著但呼吸微弱。他的斗篷因浸透了水而加重，於是他將斗篷扔在一邊。這時早已驚呆的人們驟然發現他是一個風度翩翩的青年，而且在歐洲大陸的大半地區，幾乎沒有人不認識他。

青年並未開口，而侯爵夫人也隻字未言！本來應該立刻接過孩子的她並沒有伸手，而是其他人默默接過孩子走進了公爵府。夫人站在原處，美麗的嘴唇在不停顫抖，她的大眼睛中溢滿了淚水。那個冰雕似的美人又活了過來！蒼白的臉上升起一片紅暈。她爲什麼臉紅？對此我們不得而知。

除非因爲剛剛救子心切，她慌張間衣裳不整，除此之外還有什麼理由解釋她的臉紅和心臟的狂跳呢？還有什麼能解釋她在溫杜尼侯爵一進府邸，就將那雙顫抖的手意外地按在了那位陌生人手上，並解釋她匆匆向他道別時那句低語——「就依你。」她說。我可能被水聲混淆了聽力，「就依你——日出後——個鐘頭——我們相約——決不食言」！

騷亂平息，公爵府裡的燈光也漸次熄滅了。這位獨自站在大理石上的陌生人我早已認了出來。就在他想尋找一條小船時，我將船划向他，主動向他邀約，他欣然接受。此時他恢復了鎮靜，並熱情地談起了一位我們以前都認識的人。

在此我很樂意詳細描述一下這位陌生人的容貌。他的身高不高，不過當他激動時，他的個子會稍微升高，他體格輕盈，甚至略顯消瘦，不過危急關頭，他也會表現出自己的神力，像海格力斯一樣。他炯炯有神的大眼睛經常會隨著情緒的波動而不斷改變顏色，在我所見過的所有事物中，只有古羅馬皇帝康茂德的雕像才能與他端莊典雅的容貌相比。

然而，他的臉沒有特點，容易讓人過目就忘，但是這種遺忘中帶著點讓人想要永不停歇地回憶的欲望。

這並非因爲在激情迸發之時，他無法將精神投射到自己的臉上，而恰是因爲每在激情消退後，他明鏡般的面容上都留不下絲毫激情的痕跡。

那晚分手之時，他真誠地邀請我第二天一早再與他相見。於是，第二天我就應邀光臨了他的宅邸。他的宅邸在麗都區大運河邊上，陰沉卻極爲壯觀。

我曾從報刊上瞭解到這位朋友非常富有，但對其中報導的巨額數目卻一直持有懷疑。此時當我環顧四周後，我相信了，我終於瞭解到一個能把房屋佈置得如此輝煌的歐洲富翁是什麼樣的。

室內燈火通明，從這房間的情況和我朋友的神情來看，我猜測他整晚都沒睡。而我此刻身處的房間，豪華得讓人眼花繚亂。舉目望去，皆是名家名作，房間裡豔麗的帷幔隨著低沉的樂曲輕輕地舞動，香爐中散發出濃郁的香味，搖曳著藍紫色的火焰。紫紅色的玻璃裝飾著房屋裡的每扇窗戶，初升的陽光從窗戶中傾瀉進來，在窗簾的映襯下或明或暗，煞是好看。

「哈哈哈！」主人大笑著示意我坐下，看出我的無所適從後說道：「我知道你對我的住處、我的身份、我的繪畫和我房間的佈置和裝修思想都感到吃驚，但是請原諒我，我的朋友，原諒我的無禮，你看來還很不習慣。不過，有的時候人笑也能笑死，但我想笑著死去一定是最輝煌的死法！你肯定記得一位傑出人士，湯瑪斯・莫爾爵士，他就是在笑聲中死去的。還有《荒誕集》中提及的很多人都是這樣輝煌地死去的。」

他思緒沉重地繼續說道：「你知道嗎，在城堡的西邊，也就是古希臘斯巴達的遺址附近，有一個石座，石座上至今仍殘存著幾個清晰的字母：ΛΑΣΜ，顯然這是ΤΑΣΛ的一部分。當時在斯巴達有供奉著上千尊神像的上千所神廟，爲什麼僅有『諸神大笑』的聖壇保留了下來，這確實讓人奇怪！」隨後他話鋒一轉說道：

「不過我絕沒有嘲笑你的意思，全歐洲可能都再找不到一處像我這裡這樣精緻的小房間了。這裡絕不能僅用時髦來概括，不是嗎？過去爲了避免招致別人的閒言碎語，也爲了不褻瀆這裡崇高的藝術氛圍，我是從不在這兒接待客人的，而今天你是例外。往常在這兒只有我自己，連僕人都不能靠近，你也看到了，其他地方其實佈置得都非常庸俗。」

我點了點頭表示感激。「你看這兒，」他帶著我參觀他的房間，熱情地介紹道，「你應該也看出來了，這裡的很多畫都是古董級的。不過，在這裡，在這個房間裡，它們也只能起到掛毯的作用而已。而且我這兒還保存了一些學術界完全不知道的作品，其中既有一些無名畫家的傑作，也有一些聲名顯赫的大師級畫家未完成的作品。」他突然問我：「你覺得這幅《寶座中的聖母子》如何？」

「這是賈戈的真跡！你是怎麼弄到它的？它可是被譽爲天下第一畫，與天下第一雕維納斯像並稱！」我激動地說。

他若有所思地說：「維納斯？那個小腦袋、金頭髮的維納斯？」說到這，他的聲音越來越低沉，低得幾乎聽不見。「就是那個左臂斷肢和整條右臂都被修復了的那尊維納斯像？但我以爲，她的那條修復的右臂上有著太多矯飾的成分，不真誠。至於卡諾瓦那尊阿波羅像，也是個複製品！這是毋庸置疑的。當初我真是個笨蛋，竟然看不出阿波羅像中那種所謂的靈感！我真可憐啊，我忍不住要去喜歡那尊安蒂諾兀斯了。說出要雕塑家拿整塊大理石去雕刻雕像的偉人不是蘇格拉底嗎？」

我覺得這幾句詩倒是對我這位朋友很適用，關於他的精神氣質我說得不具體，但他的一些細微的小動作，或在詼諧的調侃中，或在剎那間的快樂中所表現出的一些思考的小習慣，確實與常人大不相同。

然而，從他詳述那些無關緊要之事所用的語調中，我也不可避免地聽出了一絲緊張的痕跡，一種在任何時候都讓我疑惑，甚至有時會讓我有些許害怕的緊張和激動。他還常常話說到一半就停止，既像遺忘了前半句的內容，又像在仔細聆聽，似乎在等待一位早已約好的客人，或在傾聽只存在於他幻覺中的聲音。

就在他一次又一次冥思苦想之際，我拿起了放在旁邊土耳其矮凳上的那本《奧爾菲歐》隨意翻看起來。我發現了一個用鉛筆劃過的段落，這是第三幕的最末一段，也是整本劇碼中最感人肺腑的高潮段落。雖說這一段可能有傷風敗俗的嫌疑，但是男人讀到它都會激動不已，而女人讀到它都會歎氣連連。

那頁紙上佈滿了新近沾染的淚痕，旁邊的空白頁上則留有一首字跡潦草，用英文寫的詩，乍看之下倒不怎麼像我這位朋友之作，但仔細辨認卻是他的真跡。其文如下：

你掌控著我的一切，我的愛，
我的夢裡激蕩著你的浪花。
愛是汪洋中的一個小島，
島上綠樹成蔭，
一灣清泉，一座神廟，一片鮮花，
寄託著我對你濃濃的愛意。
啊，花開花謝，星升星落，

一個未來的聲音呼喊道：
「向前！前方真美好！」
但是在過去的海峽上，
卻徘徊著我的靈魂，
因為，於我，
早已熄滅了生命之光，
雷擊後的枯樹不再逢春，
受傷後的雄鷹不再高飛，
這種語言響徹陸地和海面。
現在我的白天全是夢境，
而我夜間所有的夢，
都是你光潔的赤足，
在義大利的小河邊，
在輕盈的節拍聲中，
還有你那美麗的眼睛，
像火焰般熊熊燃燒著。

啊，我要詛咒，
詛咒那將你推離我身邊的惡潮，
它將你推向功名和利祿，
推向那骯髒的枕衾和顯赫的老人。
別了，美好的愛情和溫暖的家園，
這裡的柳樹正為你傷心落淚！

我原先以爲我的朋友不懂英語，但是這段用英語寫成的文字推翻了這個觀點。不過對此我並不驚訝，朋友的博學我早已深知，只是他不願意暴露自己罷了。但這首詩確乎讓我驚異了，因爲它的成詩地點是「倫敦」。

我記得上次與他交談時，當問到他以前可否見過溫杜尼侯爵夫人時（她結婚前幾年住在倫敦），如果我沒記錯，他回答的是他從未去過倫敦。但我不止一次地聽到朋友們說他不僅生於英國，而且是在英國受的教育。

他掀開一道帷幕說：「我還有一幅畫想給你看。」展開的正是侯爵夫人的肖像！她的美任何畫師都無法詮釋，不過這張確實可以算是描繪她的畫作中最好的一幅了。

昨晚那個站在公爵府臺階上的風姿綽約的身影，突然又出現在了我的面前，但這幅畫中的她，笑容中隱藏著一種少見的、飄忽不定的憂鬱。她的右臂彎到胸前，左手向下指著一個形狀奇怪的瓶子，一隻嬌小的玉足和地面接觸。她的身體包裹在空氣中，隱約間漂浮著一對展開的翅膀。

「來吧！」他終於說道，走向一張金銀交錯的桌前，拿起盛有德國白葡萄酒的高腳杯說：「我們喝一杯吧！為那讓這些燭光黯然失色的太陽乾一杯吧！」他在與我乾了這杯之後，自己又接連喝了好幾杯。

「做夢，這是我全部的生活，」他又恢復了閒聊的口吻，「所以你看，我為自己佈置了這麼一間夢之屋，威尼斯再也沒有比我這更好的建築了，恢弘又大氣，這裡的一切都是按照我的要求來弄的。我想此刻我的靈魂像那個阿拉伯香爐一樣是扭曲的，錯亂的神經使我越來越適合去一個真正廣闊的夢之國，而我此時也正一步步向它邁進。」說到這兒，他忽然噤聲了，垂下頭似乎在聆聽一種我無法聽見的聲音。

最後他站直身子，高聲吟誦道：「等著我吧，我們在黃泉再會！」

接著他一下子撲倒在矮凳上，此時門上傳來劇烈的撞擊聲，正當我要去開門之際，溫杜尼公爵家的小侍童一頭衝了進來，哭喊道：「我的夫人！美麗的阿芙羅蒂提服毒身亡了！」我不知所措地衝到矮凳邊，想把這個消息告訴我的朋友，但此時他已全身僵硬了，看著桌邊破碎的高腳杯，我瞬間明白了一切。

# 跳蛙

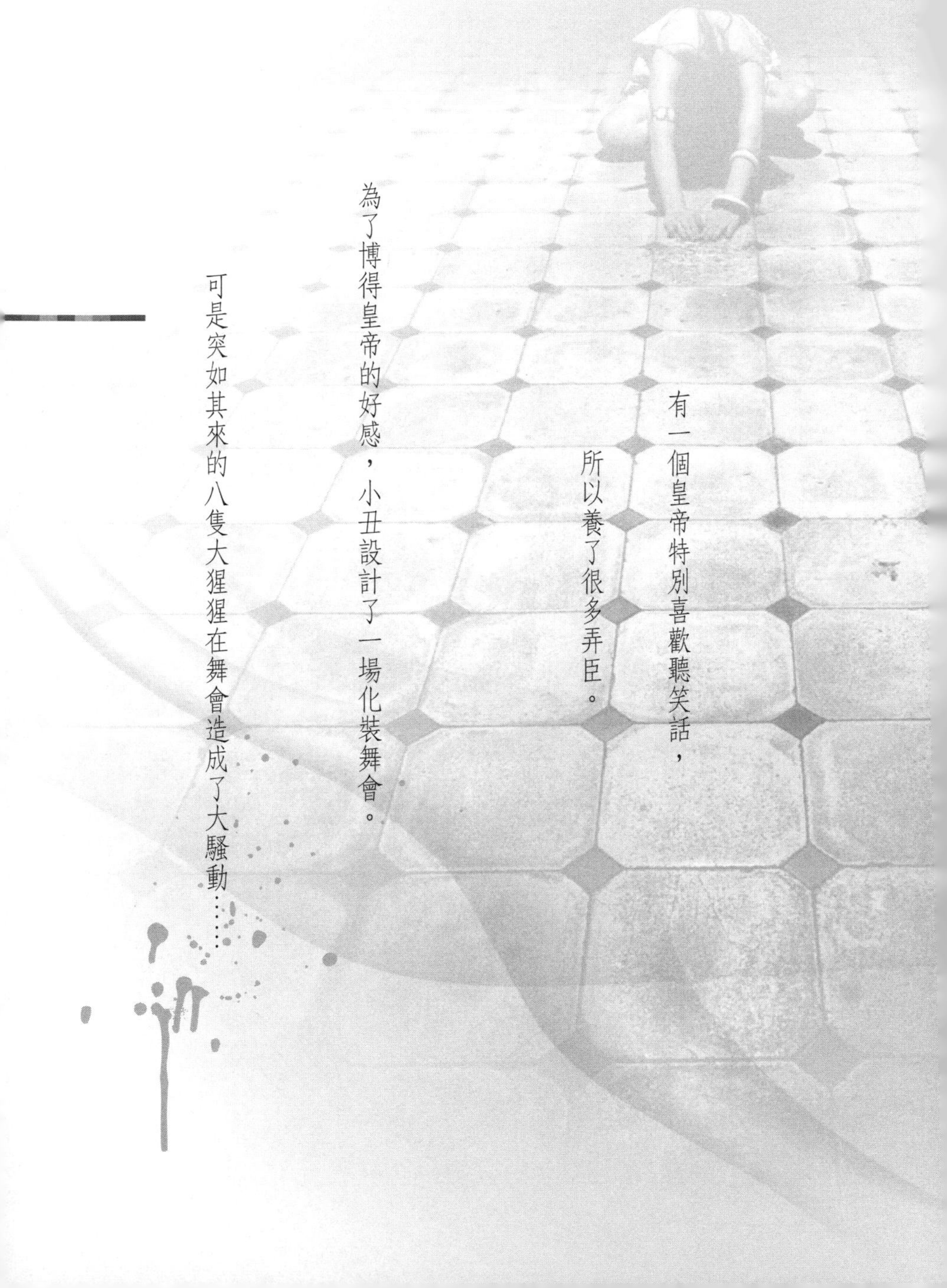

有一個皇帝特別喜歡聽笑話，
所以養了很多弄臣。
為了博得皇帝的好感，小丑設計了一場化裝舞會。
可是突如其來的八隻大猩猩在舞會造成了大騷動……

這個世界上最喜歡聽笑話的大概就是皇帝了，看起來皇帝的生活就是開開玩笑那麼簡單，那些受皇帝寵信的人必然能將笑話奇談講得生動而逼真。

那些最出名的笑話專家竟是御前七員大臣，他們每個都壯碩如牛、肥頭大耳，他們是蓋世無雙的小丑。我只是疑惑，肥胖大個兒的人是生來就有好開玩笑的嗜好，還是因爲開了玩笑才心寬體胖的呢？但可以肯定的是，如果一個長得骨瘦如柴的人是小丑，那可真是罕見了。

皇帝喜歡琢磨旁門左道，而且從來都不屑於附庸風雅。他往往對猥瑣的笑話大加稱讚，並樂在其中。他厭煩過於文雅的笑話，討厭看伏爾泰的《查第戈》，卻寧可讀拉伯雷的《高康達》。

在發生這段故事的時間裡，職業小丑依舊活躍在宮廷中。那些所謂的在歐洲大陸上稱王稱霸的「強國」中，弄臣依舊被其豢養著。他們頭頂叮噹亂響的帽子，身著用鮮豔顏色拼成的衣服，在每次皇帝賞賜殘茶剩飯時，他們都插科打諢地感謝皇恩浩蕩。當然，我們這個故事裡的國王，也養著弄臣。說實話，國王必須看一些愚蠢的事來讓自己和御前七員大臣的聰明頭腦休息一下，這也是國王勞逸結合的方法。

國王寵信的那個小丑不僅是個個子不高的白癡，而且腿腳還不靈活，但是看在國王的眼裡，其身價就要比其他高出許多。那時在宮廷中，矮子和傻子一樣平常，很多帝王要是不取笑矮子，沒個小丑陪著笑鬧一場，就會覺得日子不好過。所以，宮廷裡的時光過得要比其他地方漫長得多。

文章的開始就告訴過大家，小丑的形象幾乎就被定義爲豬頭豬腦，蠢笨異常，所以當國王看見跳蛙（弄臣之名）一個人比三個小丑還強的時候，心裡的得意就別提了。其實，「跳蛙」這個名字，在我看來，多半是出於他那不同尋常的走路方式。跳蛙走路的樣子把國王看得興高采烈，他走起路來邊跳邊扭，還引以爲傲，因爲就連國王那種肚子圓滾滾，頭大如斗的樣子都被滿朝文武視爲美男子。

不過話說回來，造物主爲了彌補跳蛙畸形的雙腿，便特地賜予他強壯的雙臂，他能在一切樹木繩索上表演絕活。不過，做這樣的事情時他就不像青蛙了，倒是與松鼠、猴子一樣。誰也不知道跳蛙的原籍具體在哪，只知道他出生在一個遠離皇宮的不知名的荒涼之地。皇宮中還有一個和他差不多高的年輕姑娘，居裡佩泰，她體態勻稱，是個傑出的舞蹈家。當初，她一同被一位御前常勝將軍擄來，進貢給了皇上。

這兩個同病相憐的小俘虜很快就熟悉了，不久就結拜成了兄妹。跳蛙要是不能爲居裡佩泰效勞，哪怕把戲耍得再好，也無人問津；居裡佩泰雖然個子不高，卻端莊大方，容貌秀麗，集三千寵愛於一身，而且不管何時何地，只要她做得到就會替跳蛙出頭。

有一次，國王決定在一個盛大的國慶日舉辦一次化裝舞會。每次這樣的化裝舞會都是跳蛙和居裡佩泰兩人一同奉旨準備，特別是善於準備舞會節目的跳蛙，他能巧妙地編排奇特角色，張羅適合的服裝。如若沒有他的幫忙，就好像什麼也辦不成一樣。到了舉辦化裝舞會的那一晚，在居裡佩泰的監督下，富麗堂皇的金殿上早已被形形色色的裝飾擺滿，這使得化裝舞會增色不少。

滿朝文武都已經心急難耐，很多人在很久以前就想好了自己要扮演什麼角色，可是國王和七位大臣還沒想好，如果這不是國王他們存心開的玩笑，那我也不知道是爲什麼了。

時間很快過去，他們絞盡腦汁還是沒有決定，最後不得不下旨召見居裡佩泰和跳蛙來幫忙。這對小夥伴奉旨前來時，正巧看見國王在和七位御前大臣喝酒取樂，只是皇上面有慍色。跳蛙不愛喝酒，因爲一喝酒，自己就要發酒瘋，這可不是一件舒服的事情，這一點國王是知道的。可國王就喜好惡作劇，拿人尋開心，便強迫跳蛙喝酒，這就是國王說的借酒「作樂」。

剛看見跳蛙和其夥伴進來，國王就直接說：「跳蛙，快過來，爲你的故友先乾了這一杯。」跳蛙聽後，忍不住歎了一口氣，國王接著說道：「小子，快把酒喝了，然後給我們想一下我們要扮演的角色，要與眾不同的。」跳蛙依舊想插科打諢地叩謝聖恩，偏偏用腦過度，竟沒了任何主意。巧的是這天正好是命苦的跳蛙生日，在聽到爲「故友」乾杯這道聖旨後，眼淚忍不住就掉了下來。他低下頭，拿過酒杯，大滴大滴的淚珠掉進了酒杯裡。伴隨著皇帝的大笑聲，跳蛙無奈地仰頭喝掉了這杯酒。

國王說：「你的眼睛比剛才亮多了，看這一杯酒的力量多神氣啊！」苦命的跳蛙一碰酒就醉，他現在的眼睛與其說是發亮還不如說是發光更恰當。酒力發作，跳蛙癡癡呆呆地朝著眾人一一看了過去，群臣正興高采烈地看著國王的「玩笑」起了效果。

「那現在開始說正事吧。」首相道。

「對，」國王道，「跳蛙，快給我們想角色，朕和七位大臣全都需要。哈！哈！哈！」

這根本就是一句玩笑話，七位大臣和國王一起笑了起來。跳蛙也跟著笑，只是笑得毫無氣力。

「你到底能不能想出主意？」國王等得不耐煩了。

「奴才正在盡力地構思呢。」跳蛙已經醉得晃晃悠悠了，有些魂不守舍地回答道。

「盡力！」昏君吹鬍子瞪眼地大吼一聲，「你什麼意思？哦，明白了，是因爲心裡不舒服還要繼續喝酒啊！可以，把這杯喝了！」說著皇帝就親自倒滿一杯酒，賞賜給跳蛙。跳蛙傻傻地看著這杯酒，不說話只一個勁地喘氣。

「怎麼不喝！不喝你就去死吧！」昏君吼了一聲。

跳蛙猶豫不決，氣得皇帝臉色發青。居裡佩泰的臉色一下變得慘白，輕移蓮步到御座下跪地苦苦哀求皇帝放過跳蛙。國王睜大雙眼看了居裡佩泰很久，心裡詫異她今天的大膽。其實皇帝也不知道該怎麼做才好，不知道如何才能恰如其分地發洩怒火。最後，皇帝沒說話而是用力推開了她，並將一滿杯酒狠狠地潑在了姑娘的臉上。這命苦的姑娘大氣都不敢出，只掙扎著起了身，頓時周遭一片寂靜。這時卻響起了一陣低沉的嘎嘎聲，沒完沒了，彷彿從四面八方湧來。

「你做什麼發出這樣的怪聲音？」國王對著跳蛙大怒。

看樣子跳蛙已經清醒多了，他神色不變地看著皇帝，否認道：「奴才？怎麼可能是奴才呢？」

「國王，這聲音好像是從宮外傳來的。」一位臣子奏道，「依照微臣推斷，可能是鸚鵡在鐵籠子上磨嘴所發出的聲音。」

「愛卿所言甚是，」國王聽了這話，一下子安心許多，「不過我倒是覺得說不定是這瘸子在磨牙呢！」跳蛙聽了這話呵呵一笑，露出滿口嚇人的大鋼牙。皇帝本就知道跳蛙是個十足的小丑，看他現在這樣，倒也開心。跳蛙還答應國王要他喝多少就喝多少，於是國王馬上不氣了。跳蛙喝了一杯，卻並不見醉態，反而越發精神，大談化裝舞會的策劃。

「陛下，奴才有個想法，」跳蛙語氣淡定，「剛才陛下將酒潑在那個奴婢臉上之後，鸚鵡發出了嘎嘎的怪聲，這讓奴才產生了絕妙的靈感。那是流行在奴才老家的一種玩法，經常出現在化裝舞會中，不過那需要八個人。」

「現在我和七位大臣不是正好八個人嗎！怎麼玩，快點說！」國王心急道。

「奴才家鄉管這叫『八隻拴著鐵鍊的猩猩』，而且妙就妙在如果辦得好可以把女人嚇死！」跳蛙回稟道。

「太好了！就這麼決定了！」國王拍板道。

「那就全部交給奴才來辦吧。不過一定要辦得逼真才行，這樣才能讓別人恐懼，而且拴上了鐵鍊才會讓大家以爲真的是逃出來的大猩猩呢。陛下，您試想一下，在一群錦衣華服的人中忽然出現了八隻拴著鐵鍊的猩猩，那樣的效果可是太震撼了！」跳蛙說道。

「跳蛙，如果你辦好了這件事，我會好好賞賜你的！」國王興奮地說道。

外面的天色已經暗了，皇帝和大臣們按照跳蛙的計畫開始各自準備。跳蛙將這君臣八人扮成猩猩自有目的，那方法看似簡單，卻靈驗得很。

跳蛙先給君臣八人穿上貼身的帶有彈力的布衣褲，浸透柏油，再把亞麻粘在柏油上，這樣就形成了一層厚厚的類似猩猩毛的東西。做完這些跳蛙又取來一條很長的鐵鍊，把皇帝和大臣一一拴好，圍成一圈。爲了營造最真實的效果，跳蛙又按照婆羅洲人捕捉黑猩猩的辦法，將剩下的鐵鍊當做兩根直徑，交成直角，橫貫圓周。

化裝舞會在一座宏偉的圓形大廳裡舉行，這座大廳專爲夜宴所設計，陽光只能從大廳頂部的一扇窗子裡射入。到了夜晚，這裡依靠一座吊在屋頂的巨大燭燈來照明。

雖然大廳內的佈置交由居裡佩泰來完成，但一些細節問題則是按照跳蛙的意見來進行處理。居裡佩泰按照跳蛙的意思撤下了吊燈，這是因爲考慮到天氣熱會讓燭淚落下來，這樣一來難免會落到來賓的錦衣華服上。大廳的每個角落裡都擺上了燭臺代替吊燈照明，牆邊還設置了一排五六十個女像石柱，每個女像右手各執一支火把，散發著馥鬱香氣。

八隻大猩猩爲了製造最完美的效果，乖乖地聽跳蛙的話，耐心地守到半夜，在午夜鐘聲剛停，就迫不及待地一起滾進了擠滿賓客的大廳。原本是想衝進大廳的，奈何鐵鍊礙手礙腳，在衝進去的過程中八人絆倒了彼此，所以全都跌了進去。看著來賓們亂成一團，皇帝心裡暗自開心。

果然，很多人把他們當成了真正的猩猩，更是有很多女賓客被當場嚇暈。如果不是國王一早就換掉了大廳裡的全部武器，這時君臣八人估計早就血濺當場了。

混亂中，所有人都向出口逃去，可是出口早已被皇帝下令鎖上了，鑰匙則藏在國王身上。正當大殿裡亂得一塌糊塗的時候，當初被拉到殿頂用來拉住吊燈的燈鏈緩緩地降了下來，鏈鉤停在了離地面三尺的地方。國王和他的七個大臣跌跌撞撞地好不容易走到大廳中間，正巧在燈鏈的下方。

跳蛙一直悄悄地跟在他們身後，看到他們站住，就捏住綁在他們身上的鐵鍊那貫穿圓周的交叉部分。只見鐵鉤光芒一閃，鐵鍊掛在了鐵鉤上。正在這時，鐵鉤竟自動緩緩地升了上去，高得伸手夠不著鉤子了，八隻猩猩被緊緊地拉在了一起，面面相覷。看見這峰迴路轉的一幕，來賓們才安心下來並漸漸把這件事看成一齣滑稽劇。看著被吊起的八隻猩猩，眾人忍不住笑了起來。

「把他們交給奴才吧！」在一片喧囂聲中，清晰地傳來了跳蛙的聲音，「讓奴才看看，說不定會認識他們，只要讓我仔細看看，就能認出來是什麼人。」說著跳蛙就艱難地擠到牆邊，取了一支火把，重新回到大廳中心，俐落一躍，就跳到了國王的頭上，靈活得像一隻猴子。他又順著燈鏈向上爬了幾尺，拿著火把仔細打量這幾隻猩猩，一邊打量一邊嘟囔：「小的很快就能看出他們是誰了。」

看到跳蛙這一系列動作，讓全大廳的人包括八隻大猩猩都笑得肚子疼了。突然，小丑吹了聲口哨，燈鏈忽然猛地升高了三十多英尺，八隻垂死掙扎的猩猩被一同吊在了半空中，不著天不接地。跳蛙抓住燈鏈，依舊與八個人保持著一樣的距離，旁若無人地拿火把照著他們的臉，彷彿想從他們臉上看出什麼秘密一樣。

大家的臉色隨著燈鏈繼續上升而漸漸發白，大廳裡頓時一片寂靜，就這樣靜靜地過了幾分鐘，大廳裡又忽然響起了一陣低沉的嘎嘎聲，與當初國王潑酒在居裡佩泰臉上時，聽到的聲音一模一樣。不過這可不是什麼鸚鵡在鐵籠子上磨嘴的聲音，而確確實實是跳蛙的磨牙聲。跳蛙咬碎一口鋼牙，怒火滿面，氣得快要發瘋了，他惡狠狠地盯著那八個人抬起的臉。

「哈！哈！哈！奴才現在可是真的看出這些是什麼人了！」跳蛙終於開口狠聲說道，一邊說一邊假裝更加細緻地打量起國王來，並把火把湊近皇帝，轉眼皇帝身上那層亞麻就被火舌所吞噬。人們被嚇傻了，他們愣愣地注視著八隻猩猩被烈火焚燒，連尖叫的力氣都沒有。片刻後，大廳裡才響起了尖叫聲，可是爲時已晚了。

隨著火勢越來越大，整個場面已經到了無法挽回的地步，跳蛙不得不順著燈鏈往上爬了爬。下面的人又忽然間變得鴉雀無聲，跳蛙趁機說：「現在小的可真是徹底地看清楚這幾個戴著假面具的人是什麼身份了，其中有一個人是我們敬愛的皇帝陛下，另外七個當然就是御前大臣！皇帝陛下居然打了一個手無縛雞之力的姑娘，七位大臣不僅不制止反而在一旁拍手叫好。至於我，只是一個小丑，一個叫做跳蛙的小丑，這是我人生中最後一齣滑稽戲。」

八隻猩猩身上粘著的亞麻和柏油都是易燃物，所以沒等跳蛙的話說完，八隻猩猩就已被燒成八團焦炭了，八具屍體面目全非，惡臭難聞，吊在燈鏈上晃來晃去。跳蛙將火把扔到了屍體上，從容不迫地從天窗逃離了宮殿，不見了蹤影。

聽說那時守在大殿頂上操作燈鏈的就是居裡佩泰，她是跳蛙報仇雪恨的同謀，而且據說他們兩個人最終一起回到了家鄉，因爲從那以後再也沒人見過他們了。

# 長方形盒子

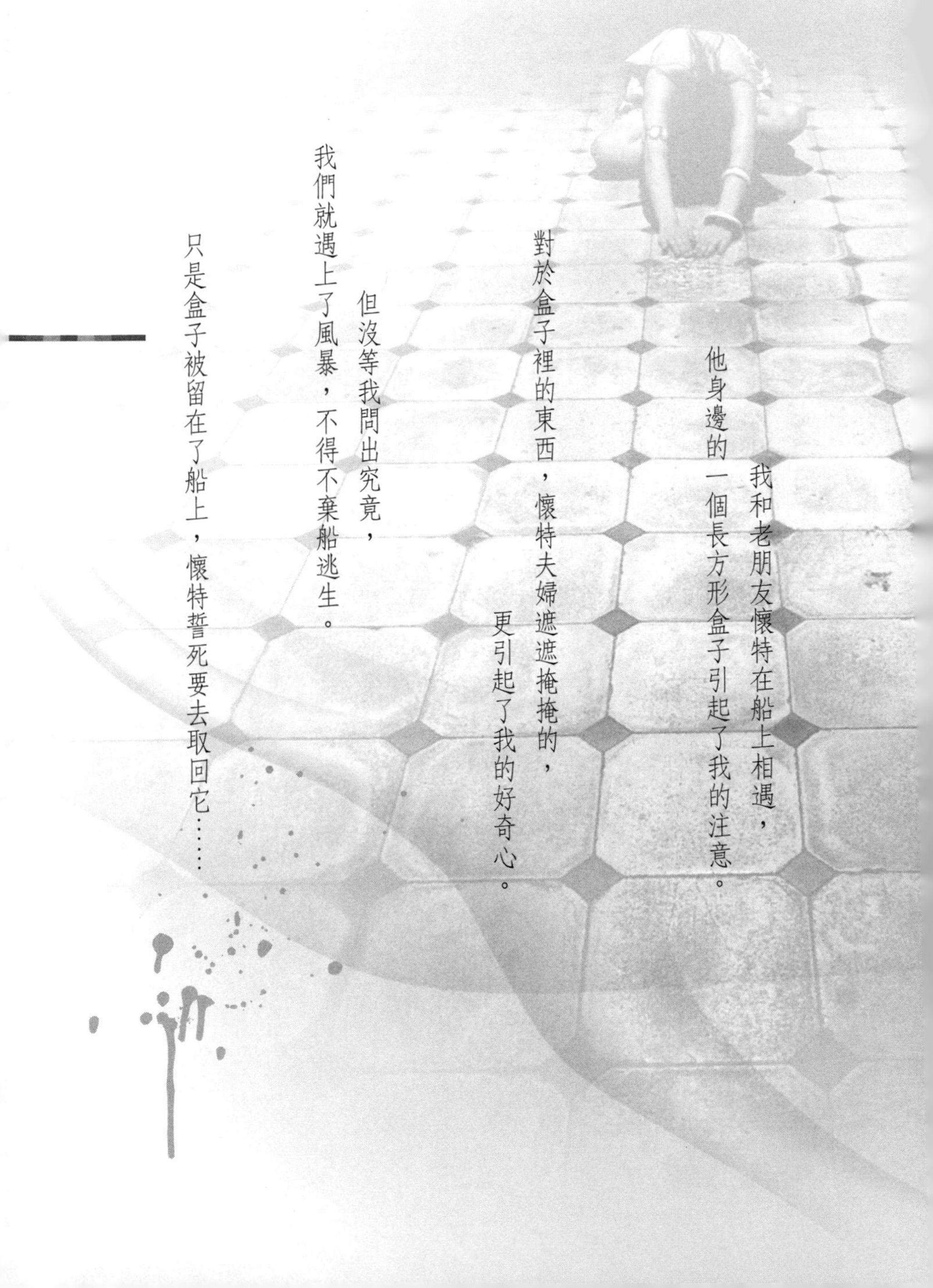

我和老朋友懷特在船上相遇，
他身邊的一個長方形盒子引起了我的注意。
對於盒子裡的東西，懷特夫婦遮遮掩掩的，
更引起了我的好奇心。
但沒等我問出究竟，
我們就遇上了風暴，不得不棄船逃生。
只是盒子被留在了船上，懷特誓死要去取回它……

還記得那是幾年前，有一艘叫做「獨立號」的豪華郵輪從南卡羅來納州開往紐約，我預定了六月十五日的船票。

十四日，我上船整理預訂的包廂，好讓自己往後幾天的行程舒適一些。在旅客名冊中，我發現了一個熟悉的名字：科尼爾・懷特。這位年輕的藝術家是我在北卡羅來納州大學時的同學，當時我們一見如故，形影不離，這段誠摯的友誼持續了很多年。我喜歡這個天才的藝術家，他身上集中了一個藝術家應有的一切天賦，敏銳、激情、孤傲。同時，他還有著世界上最爲寬大而溫暖的胸懷。

郵輪上旅客很多，女乘客更是多得出奇。我走到懷特所在的客艙，發現有三個門卡上登記著他的名字。這是特別預訂的，他與妻子及兩個妹妹一起旅行。這裡的特等艙非常寬敞，每間客艙都有高低兩個床鋪。雖然床鋪有些窄，只能一個人勉強睡下，但我還是感到奇怪，他們四個人居然預訂了三間特等客艙。對這個多餘的客艙我產生了諸多猜測，我不得不承認有些推測近乎荒唐和齷齪。

儘管這與我毫無關係，但我仍在好奇心的驅使下決定解開這個謎團。翻看乘客名單，我發現原本名單上「及僕人」的字樣後來被塗掉了。很明顯，這家人並沒有帶僕人一起。「哦，對了，不是僕人，那一定是什麼特別的行李。或許是貴重的東西，比如說油畫。」我暗自揣測著，恍然大悟，「肯定是這樣，懷特之前可一直與義大利的猶太商人交易油畫呢，這樣的物品他肯定希望放在自己隨時能看見的地方。」我對自己的推測感到非常滿意，這件事隨即被拋到了腦後。

其實我與懷特的家人非常熟悉，他的兩個妹妹都是美麗聰明的女孩，但他的新婚妻子我還沒有機會見到，只是在與懷特談話時，無數次聽他講述自己對這個女子的狂熱愛情，讚美她非凡的美貌、常人難以企及的智慧和成就。因此我對這個素未謀面的女子充滿了好奇和認識的渴望。

得知懷特的妻子也會來，我就一直期盼當天能與她有一次會面，結果只等來了失望，哈代船長告訴我：「懷特夫人身體不適，明天起航時才會上船。」

第二天（十五日），我在趕去郵輪碼頭的路上遇到了哈代船長，他解釋說由於「一些情況」，「獨立號」可能要延遲幾日才能起航，到時將會通知大家。

「哦，真是一個愚蠢而又方便的托詞，」我想，「這股強勁的南風不正是航行所需要的嗎？不可思議的延誤。」但既然船長無意透露真實情況，再追問下去也沒有意義。

我回家度過了百無聊賴的一個星期後，總算收到了船長的來信，說郵輪即將起航。我趕上船，到處都是乘客，熙熙攘攘，忙著搬運行李，整理客艙，混亂不堪。懷特一家比我晚來一點——他本人、新婚妻子和兩個妹妹。懷特仍舊透著藝術家的傲氣，甚至沒有向我正式介紹他的妻子，只是通過他妹妹瑪麗的寥寥數語，我與他的妻子就算是正式認識了。懷特夫人的面紗裹得密密實實的，但出於禮節，她除下面紗，向我鞠躬還禮。

憑藉對懷特多年的瞭解，我已經有心理準備，不能輕易相信這位藝術家對女性的讚揚及對美的評價，因爲一旦說到「美」這個話題，懷特總是會進入理想中的、純粹的美的境界。但事實是，我還是震驚了，站在面前的懷特夫人，只不過是一個相貌再平常不過的女人，或者說，如果我能不甚冒昧地用醜來形容一個女人的話，那她已經差不多夠格了。然而，她身穿品質上乘、設計得體的精緻盛裝，足以看出她不凡的品位。因此我確定，她一定是用深刻的內涵和思想，俘獲了我朋友的靈魂，贏得了他的愛情。她的話很少，禮貌寒暄過後，就隨懷特先生進入了客艙。

我初次登船時的疑問又冒上心頭，懷特一家沒帶任何僕人，我注意到不久以後碼頭上出現了一輛馬車，上面是一隻長方形的松木盒子。似乎所有人都在等這件特殊的行李。盒子一到，「獨立號」就鳴笛起航，駛向了浩瀚的大海。

出於對盒子的好奇，從它出現在船上開始，我就盡可能精確仔細地觀察這個約六英尺長、二・五英尺寬的盒子。第一眼我就爲自己早前的猜測自鳴得意起來，這簡直就是一個裝畫的盒子。盒子並沒有放在多餘的那個客艙，而是放在了懷特自己的房間。盒子占滿了整個小空間，外面用油漆寫著幾個潦草的字，散發出令人噁心的刺鼻氣味。「阿德萊得・柯帝士夫人，阿爾巴尼，紐約。科尼爾・懷特先生托運。此面向上，小心輕放。」盒蓋上寫著這樣的字句。居住在阿爾巴尼的阿德萊得・柯帝士夫人是懷特的岳母。

綜合推斷來看，這裡面極有可能裝著達・芬奇《最後的晚餐》的複製品。我知道懷特一直在談一幅油畫的交易，這幅《最後的晚餐》是由小魯比尼在佛羅倫斯模仿繪製的，一度爲某個猶太畫商所有。想到這天衣無縫的推理，我不禁大笑起來，懷特還故意寫了他岳母的地址，想給別人造成假像嗎？可這些都逃不過我敏銳的眼光和聰明的腦袋，想瞞過我的眼睛偷運一幅極品畫作去紐約，這還是頭一遭。我真是太精明了，想到這我得意地搖搖頭，決定找時機好好挖苦懷特一番，看他作何反應。

起初，郵輪在晴朗的天氣裡航行了幾天，每天都有耀眼的陽光照射在海面上，只是風向與航向相反，我們頂風向正北方前行。看著海岸線慢慢地消失在天邊，乘客們都興致高漲，在甲板上邊欣賞風景，邊彼此攀談，結交新的朋友。

懷特和他的妻子、妹妹們卻很特例。他們粗魯古板，對其他乘客極不友好，根本沒有心思搭理別人的熱情邀請。我早已對懷特古怪的藝術家脾氣習以爲常，但他似乎比以前還要陰鬱孤僻，他的孤僻甚至傳染給了他的兩個妹妹。幾天的旅行過去了，甲板上幾乎見不到她們的身影，不知她們把自己關在客艙包房裡做什麼。我曾幾次大力邀請她們共進晚餐，與新朋友聊聊天，但都遭到了她們的拒絕，她們堅決不與船上的任何人打交道。

相比起來，懷特夫人的性情就好多了，甚至可以說她挺愛與人打交道的。她的交際手段也頗值得稱讚，有各種說不完的閒聊話題。沒過多久，她已經和船上的許多女士打成一片了，而她風情萬種地在男士間穿梭談笑，更讓我覺得不可思議，我很難找到一個恰當的詞語來形容這樣的狀況。後來我才觀察到，懷特夫人得到的嘲笑遠遠多於對她的讚美。她盡力地討好每個人，但男士們都對她沒有過多評價，女士們則評價她爲「心腸還蠻好，但長相平庸，極度粗魯無知」。

很難相信懷特居然找了這樣一個女人做妻子，這就像一個精心設計的圈套。但我知道內情，懷特並不是貪圖這個女人的錢財，她沒有任何積蓄，也沒有賺錢的管道。懷特說過，他結婚只是爲了純粹的愛情，他愛她，而新娘也是一個值得他愛的女人。這時，朋友的這番話讓我充滿了疑問，是懷特失去了感覺的能力？

換作任何人估計都會跟我有一樣的疑惑，一個藝術家，如此優雅智慧，對美有如此敏感的判斷和近乎執著的追求。但就是這麼挑剔的人，卻有一個無論在哪方面都無法與他匹配的妻子。

不過，看起來新娘非常喜歡自己的丈夫，不管他是否在場，她總是用「我最親愛的丈夫，懷特先生」來稱呼他。這樣不自然的強調顯得她非常可笑，因爲所有人都能看出，懷特盡一切可能避免與她同時出現。

爲了迴避她，懷特很少出現在甲板上。絕大多數時間裡，他都獨自待在房間，偶爾露面，也對妻子在外的所作所爲不聞不問。顯然，他根本不在意妻子像蝴蝶般在一堆男人中間跑來跑去，盡情取樂。

於是我根據所見，作出了如下推測：命運是種莫名難解的東西。懷特，這位藝術家在命運的無常支配下，接受了極端而狂熱的激情的支配，或是突發奇想，或是他被蠱惑了，因此才與這個平庸粗魯，根本配不上他的女人結了婚。這個推斷作出後，我隨即對這個女人，對整個事件產生了深深的厭惡。我同情懷特，想把他拯救出泥沼，但我做不到完全忽略他背著我偷運油畫這件事，這傷害了我對他的信任與友誼，我要對他進行報復。

第二天，趁著懷特到甲板上的機會，我親切地挽著他來回散步，像以前一樣，隨意地談話，排遣他的憂鬱。可是沒起到什麼作用，他的臉像幾天前一樣陰鬱，沒有任何表情。他不願交談，只在被逼無奈時，才從牙齒中擠出幾個字，隨意打發我的問話。

我試圖說幾個笑話讓他高興，可他只是勉強地在臉上堆出一個比哭還難看的微笑。真是可憐的懷特，不過，娶了這麼個妻子，大概換作任何人都只能強顏歡笑吧。我把話題轉到那個長方形盒子上，比喻、諷刺、旁敲側擊，我用盡渾身解數說了很長一串話，以便讓他明白，我看穿了他所有的把戲，他最好能看在朋友的情誼上對我坦白。

我的計畫是這樣的，第一步撕下他虛僞的面具。所以，我仔細地描述了那盒子的形狀、尺寸等細節，同時對他眨著眼，露出心照不宣的笑容，並用手肘碰了碰他的肚子。懷特激烈的反應讓我立刻相信，我的猜測完全正確。最開始，他好像根本聽不懂我的話，面無表情地瞪著我；慢慢的，似乎我的話語滲進了他的腦子裡，他睜大了雙眼，眼球好像要從眼眶中掉出來一樣，佈滿血絲。他的臉由通紅瞬間變爲慘白，然後，突然狂笑起來。他越笑越大聲，我不知所措地看著他近乎瘋狂的大笑，持續了十幾分鐘後，他直直地摔在了甲板上，僵硬的，沒有了任何反應。我嚇得急忙跑過去扶他，可他渾身冰涼，已經完全喪失了生命的跡象。

我被眼前的景象嚇壞了，大聲呼救，問船上有沒有醫生，大家手忙腳亂地對懷特實施各種急救辦法。終於他有了呼吸，過了好長時間，他才慢慢蘇醒。只是，他一直喃喃地說著誰也聽不懂的話。我們毫無辦法，只好給他放了血，他才終於安靜下來。

神奇的是，他的身體第二天似乎就完全恢復過來了，可精神仍處於崩潰的狀態。船長認爲他肯定得了精神錯亂，建議我不要再跟他見面，並警告我不要對這件事大加宣揚，以免再生事端。

後來幾天，我的好奇心被接下來發生的幾件事再度挑起。有兩個晚上，我因爲喝了太多的茶而輾轉難眠、神經高度緊張。我的房間和其他單身男子的一樣，都是正對著主艙的餐廳。僅有一道小滑門，隔在懷特的三個房間與我所對的主艙中間，這道小門從不上鎖。最近幾天，海上航行的風總是很大，這些天船一直向下風方向傾斜得厲害，而每當船體傾斜時，這個滑門總會自動滑開。

很湊巧，我的房間剛好可以透過開著的滑門清楚地看到懷特的三個房間，清清楚楚。每晚十一點，懷特夫人都準時溜出他們的房間。他們實際上各有各的房間，是分居的，因爲懷特夫人一直待在那個空著的包廂，直到天色微明，懷特去叫她的時候才回去。我想他們一定是在計畫離婚，所以堅決劃清兩人的界線。我一直好奇的那間多餘的包廂，原來是爲這準備的。

而另一個情況更讓我感到興奮。每當懷特夫人消失在另一個包廂後，懷特的屋裡總會傳出一陣窸窣的響聲。剛開始我聽得並不真切，只依稀辨別出那是非常小心的、仔細壓低的聲音。

我聚精會神地聽著，不一會兒習慣了之後，我認出那是懷特用木槌或鑿子這類工具打開長方形木盒的聲音，鑿子顯然用軟布包住了，所以聲音才顯得特別低沉。

聽著聽著，我逐漸能從聲音推斷出他的動作，辨別出他先把蓋子打開，放在下面的床鋪上。因爲盒蓋碰著床邊會發出輕微的「啪嗒」聲，包廂裡沒有別的地方能擺放盒蓋。他的動作非常小心謹慎，之後再沒了任何動靜。直到清晨，都是一片死寂。天亮前，我又才聽到懷特重新蓋好盒蓋，接著他穿戴整齊地從房間裡出來，去叫懷特夫人。

可在這長長的平靜中，我似乎聽見了陣陣呢喃和壓抑的啜泣，但又似乎聽不見，似乎是歎息，但又似乎什麼都不是。我想也許是我過於集中而產生的想像吧。毫無疑問，我想，懷特只是又突然沉溺在對藝術的癡迷中了。他每晚小心地打開盒子，欣賞那幅精緻的難得畫作。至於啜泣聲，或許根本就沒那麼回事。

「獨立號」在海上航行的第七天，突然遇上了一場猛烈的西南風。在早前與惡劣天氣的較量中，我們的船隻做好了充分的準備，但是由於風過於猛烈，我們不得不放下桅杆和帆，在海上順風漂流。就這樣漫無目的且安全地過了兩天，海水暫時沒有侵入船艙。

但風越來越大，船在風口浪尖上與海浪搏鬥著，船帆也被狂風撕扯成條狀。突然幾個大浪打來，整個左舷的舷牆都消失了，幾個人和廚房被捲入海浪中。我們還來不及反應，前桅帆就成了碎片，我們勉強支撐著，又航行了幾個小時，終於在起風的第三天，船支持不住，全面進水了。大家到處封堵排水，但還是沒能趕上進水的速度。最後，船身積水已達一米多，發動機也停止了運轉。

這簡直是令人絕望的混亂，我們盡一切可能減輕船的重量，讓它不至於沉沒，但水仍越灌越多。日落時分，就在我們近乎放棄的時候，突然颶風明顯減弱下來，海面恢復了平靜。

隨著雲層漸漸散去，明亮的月亮出現在海平面上，所有人都欣喜若狂，奔相走告。救生艇也可以使用了，我們看到了生存的希望，眾人齊心協力，費盡九牛二虎之力後，大救生艇終於順利地放到了水面上，大部分乘客和船員紛紛擠了上去。救生艇慢慢地朝陸地前進，失事的第三天，終於安全到達了港口。與此同時，船尾的小救生艇被船長留給剩下的十多名乘客使用。我和懷特一家都在這個小隊伍中，同行的還有一個墨西哥官員一家、船長夫婦和一個男僕。小船能經受住我們的重量而沒有沉沒簡直是個奇跡，除了食物和必需的裝備，我們丟棄了其他一切東西，但讓所有人大驚失色的事情發生了。

小船剛要離開即將沉沒的郵輪時，懷特站起來，要求船長立刻掉頭回去，他忘了一件很重要的東西，那個長方形的盒子。船長生氣地對他命令道：「懷特先生，我命令你坐下！這艘小船承受我們的重量已經很勉強了，您要是再動來動去，馬上就會翻船了。」

「可是哈代上尉，我必須去取那個盒子！」懷特指著漸遠的郵輪大喊著，「我懇求您，那個盒子是那麼輕，根本沒有一點重量。看在上帝的分上，哦，天啊，船長。那盒子對我來說就如同生命一樣，求您把小船開回去吧！」

似乎有那麼一瞬間，船長的眼中閃過了一絲猶豫與憐憫，但他很快恢復了嚴厲，堅決地說：「對不起，懷特先生。我作爲船長必須爲現在小船上的這十幾條生命負責。請你坐下吧，我們是不能回去的。哦，上帝，大家抓住懷特先生，抱住他……別讓他跳海！他要跳海！船會翻的！」

在眾人手忙腳亂地想拉住懷特的時候，他已經躍入海中。由於失事郵輪引起的側風和海浪，小船被推得越來越遠。

我們束手無策，只能在船上看著懷特緊緊抓住一條垂下的繩索，以驚人的力量和速度爬上甲板，血紅著眼睛，瘋了一樣衝下船艙。郵輪在快速下沉，沒人懷疑這將是這位年輕藝術家的葬身之地。在大家爲他祈禱的時候，懷特突然出現在甲板上，以一人之力把那個長方形盒子拖了出來。他迅速地用一根粗繩把盒子和自己綁在一起，就在綁好的瞬間，他與盒子連同郵輪，一起沉入海裡，只留下一個巨大的漩渦久久沒有消失。

他再也沒有出現，我們停止划槳，悲哀地久久注視著吞沒他的漩渦。最終我們離開了，沒有人說話，也無話可說。過了很久，我打破了沉默，重新提起懷特。我問船長說：「您注意到懷特最後做的事情了嗎？他把盒子和自己綁在了一起，他們就那樣沉了下去。當時我還抱著希望，他可能會有生還的希望呢。」

「他會回來的。」船長回答道，「他會立刻沉下去，但等鹽溶化了以後，他又會很快地浮上來。」

「什麼，鹽？」我太驚訝了，大喊出來。

「不要大驚小怪，先生。」船長邊說邊指了指懷特的遺孀和妹妹，「現在請您安靜，等過些時候，一個更恰當的時間，我再詳細跟你說吧。」

經過四天在海上的掙扎，我們倖存了下來。多謝老天保佑，儘管痛苦艱險，但我們仍在一個小島登陸了。在小島上，我們待了一個星期，之後隨沉船打撈人員一起回到了紐約。

一個多月後，我邂逅了哈代船長。自然，我向他詢問起我一直迷惑不解的事件，也正是這時，我才得知了懷特的悲慘遭遇。

正如我前面提到過的那樣，懷特爲自己和妻子、兩個妹妹和一個僕人訂了包廂，而他的妻子也確實如他跟我說起的那樣，是個非常美麗聰慧的女子。

然而天有不測風雲，就在我第一次上船收拾包廂那天（六月十四號），新娘暴病去世了。深愛她的懷特痛不欲生，但他必須去紐約，把心愛的妻子帶回到她母親身邊。但沒人能忍受他帶著一具屍體上船，世俗的偏見和流言都不允許他公開這麼做。

無奈之下，哈代船長想出了辦法。他安排人給屍體做了防腐處理，並在裝屍體的盒子裡放入了大量的鹽，這樣可以避免屍體的腐壞和潮濕，然後那盒子被當做貨物運上了船。懷特夫人的死沒有對任何人說起過，所以必須找一個人假扮她。懷特說服了妻子以前的女僕來做這件事。因此，每晚這個假冒的妻子都睡在另一個房間，白天就盡可能扮演好她的女主人，所幸這艘船上沒有人見過女主人的真實相貌。

我低下頭，暗自神傷，愛管閒事的衝動脾氣讓我懷疑了最好的朋友的品格。我再也沒見過懷特，但每天夜裡我都輾轉反側，難以成眠。每次閉上眼，都能看見一張扭曲的臉，而近乎瘋狂的笑聲在耳邊迴蕩，久久不能散去。

# MEETING 清晨遇見愛倫坡 ALLAN POE AT DAWN

# —威廉之死—

威廉回顧了自己的一生。

在小學時，他的生命中就出現了一個同年同月同日生且同名同姓的人。

那個人一直如影隨形，不斷與他作對，

害得威廉身敗名裂。

一天，威廉終於找到了和那個人決鬥的機會，

一劍刺死了這個仇敵，卻發現……

我暫時稱自己為威廉·威爾遜，不要好奇我的真實姓名，何必用我的真實名字玷污眼前的白紙，這名字已經讓我的族人飽受侮辱、憎惡和輕視了。那些憤慨激昂的言語，難道還沒把這聲名狼藉的人所犯的錯傳到天涯海角？

啊，自甘墮落的浪子，難道你真的對人間心如死水，真的厭倦塵世的名譽、金錢，厭倦了鮮花，放棄了許願？這些年來，我遇到了很多無法說明的事情，也犯下了滔天的罪行。在最近的歲月裡，我突然跌入谷底。如今，我決心將這一切和盤托出。

人們通常是一步步走向深淵，而我卻在一夜之間，就變成了惡人。所有的德行，所有優雅的舉止都在某一刻，被人從身上完整剝落，就像是脫去了衣服一樣。我站在巨人的肩上，越過了邪惡的地方，墜入了比依拉加巴勒那類滔天罪行還要難以諒解的深淵。

究竟是為什麼，究竟是什麼原因促使我犯下了滔天的罪惡？請讓我說出來。在死神面前我反而變得坦然，死亡的陰影反而讓我平靜，在臨死之前，我渴望得到世人的同情——我差點說成了憐憫。

變成現在這樣的情形，並不是我一個人的錯，我只希望他們能夠相信，我是被那摸不著看不見的命運之力操控至此。希望他們看了我所講述的事情後，能夠在我的罪惡沙漠中，找到一塊綠洲，看到我內心柔軟的地方。我希望人們能認識到，在誘惑面前人無能爲力。也許他們沒有面臨著和我面臨的一樣大的誘惑，所以還不曾墮落。難道這人世間真的一片和諧美好，難道只有我一個人生活在現實中？人世間這些荒誕離奇的幻想，怎讓我不恐懼害怕？

我們這族人，一直以脾氣暴躁、善於想像聞名，我完全繼承了家族特徵。隨著年齡的增長，這些特徵越來越明顯，由於各種各樣的原因，不僅我身受其害，就連我的朋友也因此變得焦躁不安。所以我時常孤身一人沉溺在幻想之中，固執且情緒失控。我家的大人們並不是沒費心幫我矯正，只是他們也同我一樣優柔寡斷，最後在我的壞脾氣面前俯首稱臣。從那時起，在家裡，我的話就是聖旨，在別的孩子還需要父母牽著走路時，我已經開始自立，面對事情只遵循自己的判斷。

關於學校，我總記得最早接觸時，有一幢伊莉莎白女王時期流行的建築。它的結構不規則，有巨大的窗戶、長且陰暗的迴廊，還有高聳入雲的大煙囪。那個屋子應該位於倫敦一個霧氣籠罩的村子，房前屋後有許多參天大樹，周圍所有的建築都古老且破舊。

不過，這樣的一個古老小鎮的確是個能夠安撫人心的避風港。在我的想像中，我正一個人漫步在林蔭道上，不時嗅到灌木叢散發的芬芳，聽到從遠處傳來的空靈的教堂鐘聲。那鐘聲每隔一小時就突然敲響，有些陰沉。鐘聲在漸漸暗淡的天色裡靜靜迴盪，被歲月侵蝕了輪廓的哥德建築也藏在暮色中，安靜地睡去。也許，讓我仔細回憶一番，我會比做現在的任何事情都開心、快樂。準確地說，我現在是聚集萬千悲情於一身。

這千真萬確，請原諒我這樣毫無章法地寫著這些小事，我只是爲了給自己尋找一些短暫的慰藉，讓自己不那麼悲苦。雖然這事情看起來只有芝麻大小，甚至有些可笑，不過於我而言，特殊的時間、地點十分重要。現在的我，甚至能夠意識到，那時候命運就已經爲我敲響了警鐘，給過我忠告。在以後的歲月裡，那種忠告一直伴我左右。

我說過那建築有些古怪，房子前面的院子十分寬敞，院牆用磚頭堆砌而成，十分堅固。牆頭上還插滿了碎玻璃，就像牢房似的。當時的我們就被圈在這樣一個院子裡，每週只有三次出去的機會。一次是在週六的下午，我們排著隊由兩位老師照看著，規規矩矩地在田野散步；另兩次是在周日，去教堂做禮拜。

我們的校長是鎭上唯一一所教堂的牧師，我忘不了他在教堂裡走路時莊嚴的樣子。他總是一臉嚴肅地站在講壇上，身上的牧師袍隨風飛揚。他頭上的假髮，也鋪滿了粉。這難道就是不久前，那個手持教鞭，身著制服，看上去不近人情嚴格執行學校規章制度的校長嗎？

荒謬，甚至可笑，這是多麼自相矛盾的一個人。

在堡壘一般的圍牆角，有一扇笨拙的大門。門上滿是大頭的鐵螺絲，就連頂端也高聳著鐵釘尖尖的鋒芒。乍看過去，會以爲是巨大的鐵皮怪獸，讓人不由得後退幾步。

除了我之前提過的定期出入時間外，那鐵門總是緊閉著。伴著鐵鍊吱呀的聲響，打開的門帶給孩子們一個龐大的世界，讓人深思。門的這一頭，則是一片安逸的小天地。形狀不規則卻很寬敞的院子裡的地面有許多地方都凹進去了，最大的三四個凹壁圍成了操場，那隻是個鋪了上好沙粒的平坦地面。沒有樹，沒有椅子，沒有什麼能用來坐的東西，這些我都記得很真切。

屋子前面還有一個小花壇，裡面種著黃楊還有其他小灌木；屋子後面高大的樹木和灌木更多。不過對我們而言，小花壇就像聖地一樣，除非是第一次進校、離校，或者父母朋友來找，再就是我們高興地回家過節時會經過，其他時候，它就在那裡，讓我們瞻仰。

這幢宅第，對我而言是多麼的古香古色，長長的曲折蜿蜒的迴廊，多到數不清的房間，整幢建築像是迷宮一樣離奇。身在其中，你摸不清自己究竟在哪一層。

在我們眼裡，這幢宅第似乎就是個可以無限延伸的空間，世界上再沒有比這更大的了。在這裡我居住了五年，一直和其他一二十名學生住在同一間小寢室裡，不過我們一直都沒弄清楚，這間寢室究竟在屋子的哪個角落。用來當我們教室的屋子更大。它吊起的屋頂並不是很高，整間屋子狹長，顯得很壓抑；房間的窗子是哥德式的，天花板則是橡木的。

就在教室的不遠處，有一個大概八九英尺見方的小屋子，那是我們校長兼當地牧師勃蘭斯比博士的密室。那屋子建得十分結實，屋門也很厚重，不過就算天借給我們膽子，主人不在時，我們也不會好奇去開那扇門。

聽說，那是屬於校長「授課時間」的屋子。在另外兩個角落，還有兩間樣式相仿的屋子，是教師辦公室，一個屬於「古典文學」教室，另一個是「英語兼數學」老師的，不過這兩間房子都沒有校長那間讓人肅然起敬。

我還記得，當時我們的教室裡，橫七豎八地散擺著數不清的桌椅。桌椅都是黑漆漆的，看起來年代久遠且十分破舊。桌子上亂糟糟地堆著翻開的書，桌面刻滿了各種稀奇古怪的字母和圖案——早在很多年前，它們就已經這樣了。教室的一頭，放著一個盛滿水的水桶，另一頭則是一個巨大的鐘。

在這裡度過的五年，是指從十歲到十五歲那五年。孩童時代，人們有異常豐富的想像力，對外面的事情不感興趣。那時有很多值得玩樂的，也用不著自己自娛自樂。

學校的生活看似枯燥單調，卻因爲有著一群同樣天真可愛的玩伴而熱鬧非凡，就連成年後的那些燈紅酒綠也比不上這時候的熱鬧。但是，我必須承認，當時我已經開始長大，有很多地方不同以往，甚至打破了常規。總的來講，成年後人們很少能夠清楚地記得童年時候的影子，就算硬生生回憶起來，也是模糊不清的，像蒙著一層紗布，能夠回憶起來的多半是兒時的喜悅和愁苦。不過對於我而言，每當我回憶童年，就像是又看一遍電影一樣，畫面清晰，發生過的事情就像是非洲古國迦太基獎章的刻跡一樣清晰、分明且長久。

大概從那時起，我就已經能像成年人一樣感知發生過的事情。實際上，別人眼裡模糊的事實沒有什麼好值得回憶的，無非就是清晨起來，夜晚入睡；拿著書本朗誦，記憶，背誦；規定好的假期散步；要不就是和同伴在操場上嬉戲玩耍，做遊戲；調皮一點的喜歡搗蛋，惡作劇。

不過這一切正因爲記不太清楚，而顯得格外珍貴。看著往昔平常的事情，也覺得有趣動人，會產生一種說不清道不明的情感。對比產生的刺激，也在心裡一次次地激蕩，童年真是每個人的黃金年代。

記得那時候，由於我天性熱誠、脾氣專橫，在同學中間漸漸有了名氣，自然而然地成了同齡人之間、甚至是比我大一些的人們的號令者。只是有一個和我不相干的人與我同名同姓，完全無視我的存在。這樣的事倒是沒什麼好奇怪的，畢竟，我的名字早就和普通的名字一樣，可以被平民擁有，早就不是貴族專用了。這裡，我所說的假名，威廉・威爾遜，其實和我的真名相差不多。

但是，在所有同學裡，只有這樣一個和我同名同姓的人，從來不聽從我的號令，從來不屈服於我。無論是課堂還是操場打鬧以及運動中，他總是跟我作對，他敢拒絕我的指令。這樣的人，在我號令的「同窗王國」中很難見到。可是他，不僅拒絕我，還敢於橫加干涉我的決定，不時打破我的專制統治。這個威爾遜，讓我頭疼極了，雖然表面上，我表現出對他不屑一顧，可是私下裡，我越來越害怕他，害怕這個輕易就能打敗我的傢伙。

我不得不承認，他是我唯一的對手。不過，說他能打敗我也好，與我不相上下也好，都只有我一個人能意識到。我的那些同學，都看不出這一點，甚至從來沒有懷疑過。說實話，雖然他一直和我較勁兒，放肆又持久，但是這種戰鬥一直很私密。他既沒有和我作對的野心，也沒有要戰勝我，總的看來，我倒是佔據了上風。不過我留意到，他跟我作對或許就是一時興起而已。或許他是爲了阻擋我的專橫跋扈，也可以說幫助我克制自己，他每次在傷害我、侮辱我和反駁我時，語氣眼神中還夾雜著一絲不忍和溫柔。

這一點讓我心裡十分不舒服，我說不清自己究竟是自卑還是憤怒，或者說是被人看輕之後心生嫉妒。爲了讓自己感覺舒服些，我把他的舉止歸結爲他的自負，歸結爲他希望以救世主自居。也許，正是因爲我們舉止之中帶著一些親密，加上我們同名同姓又同一天入校，高年級有傳言稱我們是兄弟。不過這一點從來沒有高年級的人來證實。其實，威爾遜和我一點關係都沒有。

這一點，我必須重申。倘若我們真的是兄弟，那我們一定是雙胞胎。因爲在我離開這個叫做勃蘭斯比的學校後，偶然得知，我們居然是同年同月同日出生的，都是在一八一三年一月十九日那一天，這一切實在是太巧了。雖然威爾遜老是和我吵架，但我一點也不恨他，只是他老反駁我，令我感到煩躁。我們天天吵架，不過當著外人的面，贏的總是我。他一邊讓我贏，一邊又讓我意識到如果他不讓我，他才是那個獲勝的人。

由於我們兩個過剩的自尊心，因此我們不過是「點頭之交」，但我們又真的志同道合，擁有一樣的興趣愛好。或許，我們所處的位置，就是我們一直沒有產生友情的原因。如果讓我對我們之前的感情進行描述，這真的是很難說清的一種感覺。對他，我仇視得有些任性，卻生不起恨意。我對他又愛又怕，又十分好奇。

如果以道德家的標準來衡量，我們反而是難捨難分的好朋友，即使這一點無關緊要。毫無疑問，我和他的關係十分反常，所以，我總是不遺餘力地攻擊他，無論表面上還是暗地裡，總是對他半真半假地開玩笑，卻從來沒有清楚地表達敵對。我的玩笑，總能在最要命的地方給他一槍。

但是，聰明反被聰明誤，我也有馬失前蹄的時候。這個同名同姓的同學，生來謙虛，待人溫和，卻也十分嚴謹認真，尤其是聽到跟自己有關的笑話，他簡直氣極了。在他身上，我只找到了一個弱點，就是他無論什麼時候都沒辦法提高音量。或許是我的這個對手患有的一種先天疾病，也可能是他的發音器官有些問題，他說起話來，總是輕聲細語，如果不是像我這樣結怨已深的對頭，恐怕從不會針對這一點羞辱他，但我怎麼會放過老天爺賜給我的機遇。威爾遜對我的報復也千奇百怪，他有一招百試不爽，讓我頭痛極了。誰知道他爲什麼那麼聰明，能夠一開始就找出我的弱點，用些雕蟲小技，一而再再而三地惹惱我，對於這一點我怎麼也想不通。

我這輩子最厭惡的就是自己的名字和姓氏，如果這樣普通的名字是獨一無二的也好，可偏偏平民百姓也有許多人叫一樣的。每次一聽到，我就像是喝了毒藥一樣，啞口無言。偏偏，我報到的那天就知道，另一個威廉・威爾遜也來這裡上學。那個讓我憤恨的人，總是在我眼前晃來晃去。

由於重名，我們時常被別人搞混。所以，一旦發現這個傢伙與我外貌和言行上有什麼相似，我就無法遏制地火冒三丈。最初，我並沒有發現我們的生日相同這樣駭人的事情，只是發現，無論是身高體形，還是面部輪廓，我們都出奇的相像。所以聽到高年級的傳言，我頓時惱羞成怒，要是有什麼人敢在我耳邊提起，哪怕是說我們只有一丁點兒相似，都會讓我焦躁不安。

雖然我一再掩飾自己的情緒，但這的確是事實。他就在這樣的情況下，發現了我們之間的相似點，並借此說出我們是親戚的言語，讓此類流言風傳。這一切絕對可以看做是他極聰明的表現。對於我的言行，他都模仿得極爲形象，無論是衣著打扮，還是走路的姿勢，他都演繹十分完美。唯一不像的就是我的聲音，他天生嗓子的缺陷，致使他即便模仿我說話，聽起來也像是我說話的回音。這形神皆像的模仿，讓我十分苦惱。

不過令我慰藉的是，這一切依舊只有我一個人注意到了，因此我只能容忍他那嘲笑卻又會心的笑容。看見我痛苦，他似乎很滿足，他一點兒也不關心他那精湛的模仿技巧有沒有博得眾人的賞識。不知道是不是他掩藏得太深，或許是他一點兒一點兒循序漸進的模仿讓人以爲渾然天成，總之沒有人看出來，我也沒有落入他人的嘲笑之中。對於這些，我只能一個人思考並苦惱著。

我說過不止一次，他總喜歡以我的保護者自居，和我作對，總是給我迎頭棒喝或者一些暗示。我每每接受他的那些「好意」，心裡卻很反感。我漸漸長大，對於這樣的行爲也越來越厭惡，雖然多年後想起，他的那些建議都很適當和貼切，給予我很大的幫助。就算他的聰明和處世的圓滑程度高不了我多少，但至少他比我有道德多了。

而且，我也不得不承認，如果當時他的那些金玉良言，我能夠聽進去一點兒，現在大概也就會成爲一個善良快樂的人。不過這一切都是後話，那時那些勸說只是我耳旁的一陣風而已，我從來沒放在心上。最終，他對我沒了耐心，我也越來越受不了他的多管閒事和不合時宜，從而對他的憤恨也漸漸浮現出來。

我說過，在認識的開始幾年，我們兩個雖然有很大機會能夠成爲摯友，可是到了最後的日子，他越來越懶得管我，我的恨意卻並沒有因此減輕。我猜他大概看出了我對他的討厭，於是他開始躲著我，或者說假裝躲著我。如果記憶沒出錯，那個時候，我和他大吵了一架，吵架的時候，我看出了另一個他，一個泛起警惕，公然跟我作對的敢作敢爲的人。我也意識到，眼前的這一切，他的語氣表情，不知道藏著什麼，竟讓我錯愕地看到自己的嬰兒時期，那些混亂的往事鋪天蓋地地出現。

那時，我並沒有記憶，只是一種難以描述的感覺壓迫著我。換句話說，我產生了那種在很久之前就已認識眼前這個人的錯覺，又費力擺脫了，那也是我們最後一次談話。

在學院古舊的房子和那些不知道個數的房間裡，有幾個相通相連的大房間是用來當做學生宿舍的。這樣的房間，也有很多小角落和凹壁，以及其他零散的結構，自然也有儲藏室那樣只能裝下一個人的小空間。精明節省的勃蘭斯比博士，也把這樣的地方佈置成了宿舍，威爾遜就住在這樣一間屋子裡。大概是我在學校的最後一年，快要離開的時候，也就是剛剛提到的吵架的那個晚上，我趁著大家入睡，一個人提著燈，溜進威爾遜的房間。我心中早有計謀，一定要讓他意識到我的厲害，只是我一直沒那麼做而已，如今這大好時機，我一定要它變爲現實，讓他感到我對他的怨恨和厭惡，比山高比水深。站在他的房間門口，我放下了手中的燈，小心地扣好罩子。我小心翼翼地走進去，確認他是否真的入睡。我慢慢地拉開床帳，看到光線下熟睡的人的面容，這就是威廉•威爾遜嗎？他就長成這樣。

可當我近距離真切地看到那張臉孔時，我就像受了寒一樣全身戰慄。我腦海中的他，絕對不是長成這樣的。我凝視著他，思考爲什麼這張臉會嚇得我渾身發抖。我心亂如麻，各種各樣的想法、念頭一起湧入腦海。他醒著的時候，絕對不是這個樣子，絕對不是。同名同姓、同一天入校、相似的臉孔，這些還不夠，接下來他模仿我，固執又堅持地模仿，我的習慣、我的步態、我的聲音、我的行爲，都漸漸變成了他的。他這些嘲笑我、諷刺我的模仿，居然讓他變成我看到的這樣？

這是真的嗎？我心中突然充滿了畏懼和崇敬，我要離開這裡，我熄滅了燈，逃離了這個學校，再也沒有回來過。

接下來的幾個月，我待在家裡。不知不覺，我變成了伊頓公學的一名學生，再過一段日子，對於勃蘭斯比學校的記憶，也模糊了。至少，每當想起時，那些真相、悲劇什麼的都雲淡風輕。

就算換到了伊頓公學，我對自己的質疑也沒有絲毫減少。一到新的環境，我就立刻投入到荒唐的颶風之中，心中那些刻骨銘心的重要印象早就被席捲一空，只剩下過往一些細碎的瑣事，腦海中也只遺留著過往的輕浮。

不過我可不想詳細敘述我那放蕩不羈又可悲的時光，除了虛度光陰，我沒得到任何收益，還沾染了不少惡習，並且難以改掉。在這三年裡，我的個子不斷地長高，甚至有些高得離譜。在一周的放蕩日子後，我邀請一些學生到我的房間偷偷舉辦了宴會。我們在深夜碰面，準備尋歡作樂一整夜。

就在我們的窮奢極欲達到頂峰時，天已經亮了，我正醉醺醺地喝著酒，要求再來一杯。突然一個僕人急切地敲門，說門廳有人找我，看樣子十分著急。我滿是醉意，聽到有人找就興奮地出去了，一點也沒擔心。

邁著酒鬼特有的踉蹌步子，我來到門廳，借著窗戶透過來的幾縷微光，我看見一個身材同我相仿，身著樣式新奇的雪白開司米晨衣的青年。那件衣服和我當時身上穿著的一樣，不過光線實在昏暗，我看不清他的長相。他一看見我，就衝過來，一把拉住我，在我耳邊低聲說道：「威廉•威爾遜。」

那一刻，我完全醒了。只見這個陌生人豎起一根手指在我面前，有些顫抖，發出古怪的嘶嘶聲，暗含著警告。不過我並沒有多大的觸動，只是十分驚訝。可是，當我聽到那幾個字時，我立刻像是觸電一樣。那感覺震撼心靈，過往的記憶一下子如潮水般湧來。當我緩過來時，他卻消失了。儘管當時我那混亂的記憶中，有鮮明的印象，不過隨著時間的推移，這印象漸漸變爲碎片，消失了。

說實話，最初我還病態似的認真猜測，這個怪人是誰？我沒法假裝不認識他，因爲正是他不斷地干預我的生活，給我提出忠告。但是這個威爾遜究竟是誰，到底是幹什麼的，怎麼會突然出現，想要做什麼？

我沒有答案，因爲當年我離開時，他也離開了那裡。過了不知道多久，我忘記了這個問題，動身準備前往牛津大學。我那虛榮的父母，不僅幫我準備好所有需要的用具，還給了我足夠的生活費。

在那裡，我能過盡情玩樂的奢華日子，那樣的生活想想就覺得美好。我馬上就要跟大不列顛那群傲慢的豪門子弟，比一比揮霍的能力了。我越想越高興，因爲我有墮落的本質，我骨子裡揮霍的天性，在那裡發揮到了極致。我一直拼命地尋歡作樂，沒有節制，如果讓我來形容我的那段日子，我只能說，與希呂王相比，我有過之而無不及。如果要把我所做的事情列出來，在記錄這所慌亂大學的罪行路上，我只佔了不短也不長的一段。

難以置信，我就是在這個大學裡，變成了一個下流的賭棍。我耐心地學習賭術，並且越來越精湛，然後在那些低智商的同學裡面，大顯身手，增添自己原本豐厚的財產。我就這樣一次次鑄下大錯，論原因，可能是自己已經喪失了良心和德行。

不過那些圍著我轉，吹捧我的人呢？他們難道不應該站出來嗎？在他們的眼中，我威廉・威爾遜是慷慨率直的代表，是整個牛津大學裡最高貴的自費生，就連我的荒唐也比別人更離奇。如果說我有錯，那我只是錯在我天生的惡性，錯在對於奢華的迷戀。直到現在，我在賭場上只成功地耍了兩年花招，而且都跟學校那個叫做葛蘭丁寧的貴族有關。

據說他和希臘詭辯家希呂士・艾迪克一樣富有，他的錢財來得也容易。接觸下來，我發現他的智商遠沒有他的財富那樣豐富，於是自然地他就成了我行騙的對象。

我不時地慫恿他玩牌，然後使出賭徒的伎倆，先假意輸給他一些錢，讓他上鉤，然後漸漸地實施我的計畫。後來我在同樣是自費生普勒斯頓的宿舍又和他見了面，我意識到時機來了。不過坦白來說，他一點都沒懷疑我。爲了讓這次的計畫實施得更順利，我特意找了七八個人，然後裝作不經意地提起玩牌的事。和我想的一樣，他立刻上鉤了。

如果想簡單地說一說我做的這件缺德事，絕對不能不提我那卑劣的手段。人們在賭博時，不是常常耍一些手段嗎，但總有人中招。夜深了，我們依然在賭錢，我的計畫終於成功了，現在牌桌上我唯一的對手就是那富有的葛蘭丁寧。我們玩的是我最喜歡的埃卡特，那是兩個人的紙牌玩法，每個人各發五張牌，第十一張爲王牌，滿五分就算作一局。其他的人被我們一擲千金的氣勢吸引，都丟下手裡的牌，站在周圍當觀眾。那個暴發戶在我的哄騙下喝了很多酒，每次洗牌、打牌、發牌都緊張極了，不一會兒他就輸了一大筆錢。我耐心地等待著，果然，他爲了贏錢，主動提出加倍賭注。

我裝出勉強的樣子推託，可是我的再三拒絕惹惱了他。他對著我破口大罵，見此情形，我才裝作不情願地答應了。當然，結果只是證明，他變成了我陷阱裡的獵物，掙扎不了多久了。

對於這一點，我很驚訝。在我的調查裡，他可是個富可敵國的人，這樣一筆錢他不會看在眼裡，而他的表現卻給我一種，他已經傾家蕩產的感覺。

我正決心收手，畢竟我要表現出我的大度，可是周圍的人早就在葛蘭丁寧絕望的歎息中傾向了他那一方。我當時是怎樣一個模樣？我不敢想像，看著葛蘭丁寧那可憐的樣子，所有人都愁苦不安。一時之間宿舍安靜了，那些圍觀的人，也有些向我投來不屑和輕蔑，甚至是責備的目光。

這一切，讓我感覺自己正在飽受火焰的煎熬。突然，門開了，咣的一聲，連屋子裡的燭火也全部熄滅了，一個和我差不多高的陌生人，穿著披風闖了進來。他就站在我們中間，他說：「各位，很抱歉打擾你們，雖然我一點兒都不覺得愧疚。我來是爲了讓你們認清真相，認清贏了葛蘭丁寧爵爺一大筆錢的那個人的本質。」

「如果你們有工夫，一會兒就檢查一下他左邊袖口的襯裡，還有那件繡花襯衣的口袋，裡面或許藏著些有趣的東西。」說完，他就像鬼魅一樣消失了，他那低沉的聲音，我一輩子也忘不了。我的心情不知道用什麼能夠描述，當我反應過來時，我已經被大家按在了地上。燭火亮了，我的伎倆被拆穿了，他們搜到了我藏著的紙牌，這在賭徒的術語裡叫做「鼓肚子」。

得知真相之後，我反而坦然了，無論他們怎樣憤恨地怒罵，和我一點兒關係都沒有，他們的沉默不語反而讓我難過。屋子的主人普勒斯頓開口了，他低下身子，拿起腳邊一件毛色稀有的披風，說道：「威廉•威爾遜先生，這是你的東西。或許我們應該再搜上一搜，不過證明你那套把戲的證據已經足夠了。我希望你能夠明白，你必須馬上離開我的宿舍，甚至馬上離開牛津大學。」他的臉上掛著冷笑，只是看著我披風的褶皺。當時的我，就想找個地洞鑽進去，可是，我被一樣離奇的物品吸引了。

那就是披風，這樣的我居然在聽了那麼一段難聽的話後，沒有發火。我穿的披風，是用一種罕見的皮草縫製而成的，它的價格，我也不敢說，而樣式更是我自己設計的。

所以，當普勒斯頓先生從靠近門的地板上，又拾起一件一模一樣的披風交給我時，我大為吃驚。因為，我自己的披風已經搭在胳膊上了，而遞給我的那件，就連細節上也和我的一樣。

我清楚地記得，那個揭露我騙局的怪人，也披著披風，而我們這夥人中，除了我，沒人穿披風。我什麼都沒有說，什麼也沒表現出來，只是接過披風，頭也不回地離開了。

第二天一早，天還沒亮，我就逃離了這片土地，踏上了遊歷歐洲的旅途。我的心中充滿了愧疚，這漫無目的的慌亂逃竄，並沒有讓我擺脫厄運。確切地說，我就像是厄運手中的一個玩物。牛津只是個開頭，巴黎、羅馬、柏林、維也納、莫斯科，我所去的所有地方，都能見到那個混蛋的蹤影。少年時期的威爾遜，一直跟著我，管我的閒事，干涉我的雄心壯志。

這一切，讓我發自內心地詛咒他，不過每一次，我都只能慌不擇路地逃竄，可彷彿無論我逃去哪裡，他都如影隨形。我在心中不停地問自己：「他是誰？他要幹什麼？他從哪裡來？」不過，我始終沒有答案。為了得知真相，我開始仔細觀察分析他是如何監督我的，他監督的形式、方法，等等，不過我看不到答案。事實是他最近總跟我作對，而且每次都阻止我實施計畫，打亂我的行動。而如果我所做的能夠順利展開，一定會造成無法彌補的痛苦。

我沒辦法避免看到這個一直折磨我的人，他穿著和我一樣的衣服，小心翼翼地靠近我、干涉我，而且竭盡全力不讓我看到他的臉。不過，就算看不到臉，我就不知道他是那個威廉・威爾遜了嗎？真是此地無銀三百兩。

無論是在伊頓公學的忠告，還是在牛津大學的揭露，無論是妨礙我在巴黎復仇，還是阻止我在羅馬如願，難道他以爲，我認不出這個不斷阻止我的怪人就是我小學時代的同學威廉・威爾遜？不可能，我一定要把這齣戲唱下去，一定要完成那最重要的一幕。

迄今爲止，我一直在他的掌控中。我知道，在他面前我有多麼軟弱無力，在他那高尚的人格和超凡脫俗的智慧面前，我就是個矮人。但是我也因此明白了，如果不想痛苦地屈服於他，最好的辦法就是盲從。可是最近，我開始酗酒，整日整夜地沉溺在酒精裡，於是，我的天性、我祖傳的脾氣發揮到了極致。我的脾氣越來越暴躁，我越來越無法控制自己，我開始抱怨、開始反抗報復。

這樣的念頭越來越堅定，而我也距離那個不斷折磨我的人越來越遠。難道這一切只是我的想像？就算這是幻想，我也感覺到希望。最後，我決定反擊，我不要再做別人的玩物，別人的奴隸。

羅馬狂歡節，我參加了那不勒斯公爵德·布羅裡奧府上的化裝舞會。屋子裡人潮洶湧，空氣稀薄，我不由得豪飲開來。眼前鬧哄哄的一切讓我惱火，我穿過擁擠的人潮，開始尋找那位年輕放蕩的公爵夫人。別讓我說為什麼，並不是我卑鄙無恥，而是在私下裡，她就恬不知恥地跟我說，她會化裝成什麼。現在，我終於看到她了，我興致勃勃地走向她。就在那一刻，一隻手搭在我的肩頭，那該死的難以忘記的嗓音出現在耳邊。我頓時怒火衝天，一個急轉身，揪住了老與我作對的人的衣襟。不出我所料，他裝扮得和我一模一樣。我們都穿著西班牙式藍天鵝絨的披風，腰上別著猩紅色的腰帶，腰帶上還掛著一把長劍，就連臉上也戴著一模一樣的絲綢面具。

「你這個魔鬼！」我大聲叫道，心中的怒火越來越高漲，「騙子，壞蛋，你不要再糾纏著我，跟我來，讓我一劍刺穿你！」我拖著他到隔壁冷清的會客廳。我一進屋，就把門關上了。我把他推到牆邊，拔出長劍，「拿起你手中的劍，我要跟你決鬥。」

他先是猶豫了一會兒，又很快默默地拔出劍，做出防禦的架勢。實際上，這根本稱不上決鬥，幾秒鐘，我就已經把他推到了牆角，打算一劍刺穿他。那一劍，我用盡了全部力氣。看著他陷入這樣可悲的境地，我非但沒有放過他，反而多刺了幾下，以發洩心中的怒火。不一會兒，有人試圖弄開門鎖，我慌亂地堵在門口，生怕有人衝進來。

我回身望向我的對手，想看看那個瀕臨死亡的人，可是眼前的一切，讓我恐懼極了。

這個房間裡，居然立著一面鏡子，最初我以爲是看花了眼，可是當我向鏡子走去的時候，竟看見面色蒼白、血跡淋淋的自己，正步態慌亂地走過來。那就是我，我剛才說我，那其實不是我，那是我的對手威爾遜！

他就痛苦地站在我面前，奄奄一息，面具和披風在地上攤著。他衣服的每一個細節，他面部觸目驚心的特徵，沒有哪一點不同我一模一樣。那是威爾遜，只是他不再用低沉得類似耳語的聲音說話，他一開口，我簡直以爲說話的是自己。

「你贏了，可是從此以後，你也死了。對世界、對整個人間，甚至對於希望而言，你都死掉了。我活著，你才活著；我死了，你也會消失。快睜眼看看吧，看看你把自己謀殺得多麼徹底！」

## 延伸閱讀
好書推薦

### 為你開啟知識的殿堂
一篇篇精彩故事，都讓你拍案叫絕、讚嘆不已

### 清晨遇見福爾摩斯

凌晨兩點，伴隨一聲痛苦的吼叫，
烏得曼里發生了一起慘案：
退休的船長被魚叉戳死在小木屋的牆板上。
現場留有一個海豹皮煙袋，
地上掉有一本記載著大筆值錢證券資訊的筆記本。
這些證據會指向誰呢？

### 深夜遇見福爾摩斯

五年前一場與女歌手的浪漫邂逅，
此刻讓波希米亞國王面臨著嚴重的醜聞危機，
因為女歌手留著一張與國王的親密合照。
福爾摩斯的任務是，在照片曝光之前取回它……

### 深夜遇見狄更斯

臥室的鈴鐺突然響了起來，
緊接著，屋子裡所有房間的鈴鐺都響了起來，
地窖裡也傳來鐵鍊在地上拖動的聲音，

斯克魯吉順著鐵鍊看去，竟看見了……

i-smart

智學堂

智慧是學習的殿堂

★ 親愛的顧客您好，感謝您購買 這本書

為了提供您更好的服務品質，煩請填寫下列回函資料，
您的回信是我們的動力、也是鼓勵，
您的意見與建議是我們不斷進步的目標，
智學堂文化感謝您的支持！
我們不定期會將優惠活動的訊息通知您。

您也可以使用以下傳真電話或是掃描圖檔寄回本公司電子信箱，謝謝

傳真電話：（02）8647-3660

電子信箱：yungjiuh@ms45.hinet.net

姓名：＿＿＿＿＿＿＿＿ O先生 O小姐 電話：＿＿＿＿＿＿＿＿

地址：＿＿＿＿＿＿＿＿＿＿＿＿＿＿＿＿＿＿＿＿

E-mail：＿＿＿＿＿＿＿＿＿＿＿＿＿＿＿＿＿＿＿＿

職 業：O學生 O大眾傳播 O自由業 O資訊業 O金融業 O服務業 O教職 O軍警 O製造業 O公職 O其他＿＿＿＿＿＿＿＿

教育程度：O高中以下（含高中） O大學、專科 O研究所以上

您對本書的意見：

| | | | | |
|---|---|---|---|---|
| ☆內容 | O符合期待 | O普通 | O尚改進 | O不符合期待 |
| ☆排版 | O符合期待 | O普通 | O尚改進 | O不符合期待 |
| ☆文字則讀 | O符合期待 | O普通 | O尚改進 | O不符合期待 |
| ☆封面設計 | O符合期待 | O普通 | O尚改進 | O不符合期待 |
| ☆印刷品質 | O符合期待 | O普通 | O尚改進 | O不符合期待 |

您的建議：

| 廣 告 回 信 |
| --- |
| 基隆郵局登記證 |
| 基隆廣字第000152號 |

221-03 新北市汐止區大同路三段194號9樓之1

智學堂

智慧是學習的殿堂

編輯部 收

請沿此虛線對折免貼郵票，以膠帶黏貼後寄回，謝謝！